삶의 전환점에서 만난 진정한 동행

결혼, 그 아름다운 여정

삶의 전환점에서 만난 진정한 동행

결혼, 그 아름다운 여정

초판인쇄	2024년 11월 8일
초판발행	2024년 11월 14일
지은이	이현숙
발행인	조현수
펴낸곳	도서출판 프로방스
기획	조영재
편집	문영윤
일러스트	박성하
마케팅	최문섭
본사	경기도 파주시 광인사길 68, 201-4호(문발동)
물류센터	경기도 파주시 산남동 693-1
전화	031-942-5366
팩스	031-942-5368
이메일	provence70@naver.com
등록번호	제2016-000126호
등록	2016년 06월 23일

정가 17,800원
ISBN 979-11-6480-369-9 (03800)

파본은 구입처나 본사에서 교환해드립니다.

결혼, 그 아름다운 여정

삶 의
전 환 점 에 서
만 난
진 정 한
동 행

이현숙 지음

프로방스

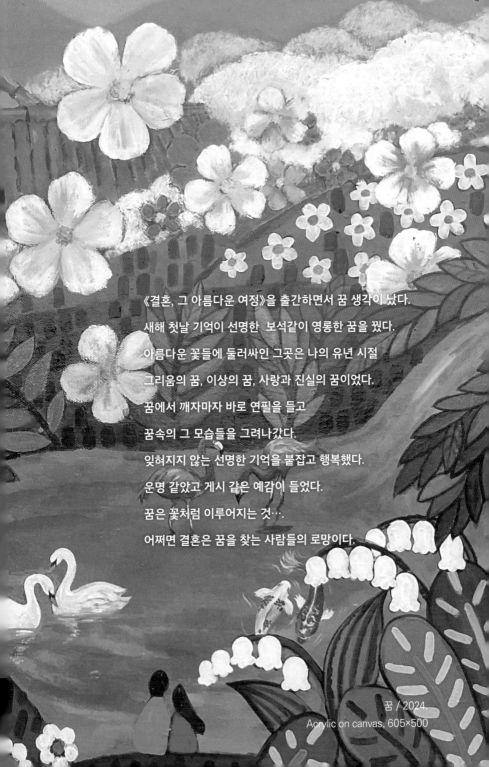

《결혼, 그 아름다운 여정》을 출간하면서 꿈 생각이 났다.

새해 첫날 기억이 선명한 보석같이 영롱한 꿈을 꿨다.

아름다운 꽃들에 둘러싸인 그곳은 나의 유년 시절

그리움의 꿈, 이상의 꿈, 사랑과 진실의 꿈이었다.

꿈에서 깨자마자 바로 연필을 들고

꿈속의 그 모습들을 그려나갔다.

잊혀지지 않는 선명한 기억을 붙잡고 행복했다.

운명 같았고 게시 같은 예감이 들었다.

꿈은 꽃처럼 이루어지는 것….

어쩌면 결혼은 꿈을 찾는 사람들의 로망이다.

꿈 / 2024.
Acrylic on canvas, 605×500

이 책은 결혼이라는 주제를 현대 사회의 다양한 변화와 연결하여 폭넓게 다룬 점에서 높은 평가를 받을 만합니다. 결혼은 더 이상 전통적인 사회적 통과의례로만 국한되지 않고, 다양한 형태와 선택지가 존재하는 복잡한 현상으로 진화하고 있습니다.

결혼에 대한 현대적 시각을 반영하면서, 독자들에게 새로운 관점을 제공하고 있으며, 특히 결혼 전 동거, 딩크족과 욜로족의 등장, 국제결혼, 황혼, 재혼 등 기존의 틀을 벗어난 결혼 방식과 이에 대한 사회적 논의를 통해, 결혼이 더 이상 고정된 하나의 형태로만 존재하지 않는다는 것을 강조합니다.

이 책이 특별히 주목할 만한 부분은 결혼과 관련된 정책적 논의를 다루고 있다는 점입니다. 저출생 문제를 해결하기 위한 정책적 대안, 국제결혼에 대한 법적 정비와 제도 개선, 동거 커플

가족 인정 등의 주제를 심도 있게 다루며, 결혼이 단순한 개인적 선택을 넘어서 사회적 문제와도 깊이 연관되어 있다는 사실을 강조합니다.

특히 저출생 문제는 한국 사회에서 중요한 이슈로 대두되고 있는 만큼, 결혼과 출산율 문제를 연결 지어 다양한 대안을 제시한 점은 매우 시의적입니다.

또한, 이 책은 결혼에 대한 현대적 고민을 담아내고 있으며, 전통적인 결혼관에서 벗어나 결혼을 둘러싼 다양한 논의를 충실하게 다루고 있습니다.

결혼에 대한 사회적·정책적 고민을 함께 제시함으로써 독자들이 단순히 개인적 선택의 문제로서 결혼을 바라보는 것이 아닌, 사회적 현상으로서 결혼을 인식할 수 있도록 도와줄 것이며, 결혼을 앞둔 사람들뿐만 아니라 사회적 변화에 관심 있는 모든 이들에게 의미 있는 생각을 제공할 것입니다.

대구 수성구을 국회의원
국회 여성가족위원회 위원장 **이 인 선**

추 천 사

이 시대에 등대빛 같은 결혼을

결혼문화 확산을 위한 결혼장려 서적을 출판한다는 소식을
접하고 미소를 머금게 되었습니다. 한국은 인구 감소와 고령화
라는 심각한 인구절벽 재앙에 마주하고 있는 지금의 상황에서
이 책의 출간이 더욱 반갑게 느껴집니다.

결혼은 두 사람이 함께 만들어가는 새로운 인생의 여정이자,
서로의 삶을 더욱 풍요롭게 하는 중요한 결심이라고 봅니다. 결
혼은 인생에서 가장 아름답고 의미있는 여정입니다. 서로의 사
랑을 바탕으로 가정을 이루고, 함께 성장하며 행복을 나누는 결
혼은 우리의 삶을 더욱 풍성하게 만들어준다고 봅니다.

인생에 있어서 행복의 완결 지점은 가정이며, 그 출발점은 결
혼입니다. 청년들이 힘든 결혼 관문을 잘 통과할 수 있도록 결혼

을 시작점으로 두 사람이 만나 소중한 가정을 만드는 행복의 통로이자 인류가 지속하기 위해서는 피할 수 없는 길입니다. 우리 모두가 결혼을 희망하는 청년들을 응원하여 긍정적 결혼친화 분위기를 전국적으로 확산 되기를 기원합니다.

사랑하는 사람과의 인생 동반, 그 특별한 시작을 응원합니다. 미래세대인 청년들이 결혼을 하고 싶어하고, 아이를 낳아 건강히 키울 수 있는 대한민국으로 우뚝 설 수 있도록, 지역사회 모두가 합심하여 국가소멸 위기 앞에서 지속 가능한 미래 구현을 위해 함께 정성을 모아가야 할 때입니다.

가정과 사회의 기초를 이루는 결혼의 가치를 널리 알리고, 청춘들에게 긍정적인 메시지를 전하여 결혼을 통해 두 사람이 함께 만들어가는 새로운 미래를 꿈꾸게 하고 가정의 따뜻함과 사랑을 전하는 길잡이가 되기를 기대합니다.

앞으로도 결혼 문화와 가정의 가치를 널리 알리는 결혼기피·만혼시대의 인구위기 시대에 등대빛이 되길 기대합니다.

대구광역시 달서구청장 **이 태 훈**

 김연자의 아모르파티 노래를 좋아하지만 '…연애는 필수 결혼은 선택…'이란 부분에서는 늘 마음이 걸린다. 결혼을 '선택'으로 하기에는 우리가 처한 현실이 너무나 엄중하기 때문이다. 이 노래가 첫 선을 보인 2013년만 해도 합계출산율은 1.19로 1.0은 넘었으나 지금은 0.7을 넘나들 정도로 떨어졌다.

 결혼이 '선택' 정도로 뒷자리로 내몰리는 것은 결혼에 대한 젊은 층의 인식 부족이 큰 원인이다. 결혼이나 자녀를 갖는 것은 행복이 아니라 오히려 힘들고 부담되고 생활의 제약과 어려움만 가져올 뿐이라는 부정적 인식이 확산한 때문이다. 그러나 그것은 결혼의 진정한 모습이 결코 아니다. 결혼은 각자의 인생에 있어서 행복을 완성시키는 길이다. 결혼을 통해 정서적, 심리적 안정과 깊은 유대감을 갖게 되고 개인이 경험할 수 없는 행복의 영역을 확상시켜주는 동시에 서로 동반자가 되어 함께 나누고 함께 성장도 하게 해준다.

　비혼, 만혼 풍조가 확산하면서 인구감소로 이어지는 오늘의 위기를 극복하기 위해서는 결혼을 늘려 가는 수밖에 없다. 결혼이 꾸준히 늘고 예비 신랑신부가 한 살이라도 더 젊었을 때 결혼할 수 있도록 분위기와 환경을 조성해 나가야 한다. 한 아이를 키우기 위해서는 온 마을이 나서야 한다는 말처럼 이제 주변의 결혼을 돕기 위해 온 마을이 함께 해야 한다.

　저자도 책에서 '인생은 결혼 그 자체만으로도 이미 성공이다'라고 할 정도로 결혼의 중요성을 강조하고 있다. 결혼전문가로서 교육학 박사인 저자는 결혼의 가치와 의미를 다양한 시각에서 새롭게 제시하고 있다. 뿐만 아니라 결혼 장려와 국제결혼 정책에서부터 저출생 극복을 위한 정부와 지방자치단체들의 다양한 정책들까지 소개하면서 현장감 있는 여러 대안들도 제안하고 있다. 특히, 베트남 신부와 어느 신랑의 애틋한 사랑이야기와 결혼 중매현장에서 일어나는 울고 웃는 가슴 찡한 에피소드들도 눈에 보이듯 펼치고 있어 책의 재미를 더하고 있다.

　결혼장려와 저출생 극복을 위한 대책이 정부는 물론 지자체, 민간 기업에까지 경쟁적으로 확산하고 있는 이때 생생한 결혼현장 이야기를 담은 결혼전문가의 이 책은 다양한 분야의 관계자들이 꼭 읽어야 하는 필독서이다. 《결혼하는 비밀》에 이어 나온 저자의 《결혼, 그 아름다운 여정》 출판을 계기로 '연애는 필수, 결혼도 필수'가 되는 '결혼하는 시대'를 활짝 열어갔으면 좋겠다. 한 인생의 성공을 위해서는 혼자보다는 아무래도 둘이 낫다.

2.28 민주운동 기념사업회 회장

전 대구 mbc 사장 **박 영 석**

여성가족부 산하 사단법인 한국결혼중개업협회는 전국에 있는 1000여개 국내·국제결혼업체들의 업무를 지원하고 권익옹호 등을 위해 활동하고 있다. 비혼·만혼 시대를 맞아 결혼정보업체들의 활동이 더욱 중요해지고 있고 업체들 역시 사명감이 어느 때보다 고조가 되고 있다.

리스토리결혼정보회사 대표인 이현숙 박사는 한국결혼중개업협회 임원으로서 언론홍보, 유튜브 및 신문에 결혼칼럼을 연재 하는 등 맹활약하고 있다. 특히, 전국 지자체 중 유일하게 결혼장려팀을 신설한 대구 달서구청 결혼장려추진위원으로서 커플매니저양성과정, 결혼친화서포터즈단 등을 대상으로 강의를 하면서 많은 커플탄생을 위해 노력하고 있다.

세계적인 인구학자 데이비드 콜먼 교수는 세계에서 가장 먼저 사라질 나라가 대한민국이라는 충격적인 경고를 했다. 결혼을 하지 않고 결혼 해도 아이를 낳지 않는 신혼부부들이 늘어나면서 우리의 출생률은 해마다 떨어져 몇 년 전부터 세계 최저를 기록하고 있다. 이대로 가다가는 2070년에는 국가자체가 소멸될 수도 있다는 경고까지 나오고 있다.

정부와 지방자치단체들도 비상대책을 마련하는 등 하루가 멀다 하고 대책을 내놓는 등 노력을 기울이고 있는 중이다. 대기업 등 민간부문에서도 이제는 발을 벗고 나서는 모습들이다. 물론 어렵고 시간이 걸릴 수 있지만 우리는 모두 힘을 합쳐 반드시 이 위기를 극복해야 한다.

이러한 중요한 시점에 이현숙 박사의 《결혼, 그 아름다운 여정》 책이 출판돼 가뭄의 단비처럼 느껴진다. 이제는 모든 국민이 커플매니저 역할을 해야 한다는 목소리가 높아지고 있어 이 책은 훌륭한 길잡이가 될 것이라 생각한다. 20여년 동안 이현숙 박사의 다양한 결혼현장 경험과 사례들을 통해 예비 신랑신부나 결혼중개업체 및 관련 비즈니스를 담당하는 모든 이들에게 이 책은 성공의 방향키가 되고 있다. 다시 한 번 출판을 축하드린다.

(사) 한국결혼중개업협회 회장 김 동 철

프롤로그

2024년 새해 첫날 늦은 아침 따스한 햇살이 유리창을 넘어 온몸을 나긋하게 감쌌다. 아름답고 눈부신 광경이 꿈속에서 일어났다. 대궐 같은 기와집에 핑크색 큰 꽃들이 수백만 송이 붙어있고 나뭇잎에 이는 실바람 사이로 아련한 빛이 들어오고 있었다. "넘 아름다워!" 소리를 지르면서 꿈에서 깼다. 꿈이 너무 선명하고 예뻐 그냥 지나칠 수가 없었다. 컬러사진처럼 선명한 꿈속의 장면들을 놓칠세라 바로 연필로 스케치를 하고 그림 작업에 들어갔다. 올해는 청춘남녀들을 몇백 쌍이라도 결혼

시키려나!

결혼 일을 한지도 어언 30년이 가까워진다. 그동안 정말 열심히 달렸다. 원칙과 정도경영을 사훈으로 이현숙의 첫 이니셜 '리(Lee)'를 따서 만든 '리스토리(이현숙의 결혼이야기)결혼정보'는 1998년 오픈했다. 일도 하면서 세상에 보탬도 되는 보람된 그 무엇이 없을까 고민하던 차에 옛 친구처럼 다가와 만들어진 것이 '리스토리'다. 사람을 만나고 대화하는 것을 좋아하는 성격인 나에게 결혼정보회사는 천직이었다.

어느 방송의 인터뷰에서 "출근하는 길이 소풍 가는 것처럼 즐겁다."라고 했던 기억이 난다. 사실이다. 정말 그랬다. 좋은 인연을 맺어주는 것이 얼마나 존중받아야 되고 귀한 일인가? 그동안 현장에서 경험하고 일어났던 사람들의 얘기와 시대의 트렌드에 따라 결혼문화의 변화를 신문의 연재 칼럼에 옮겼다.

오늘의 결혼 문화를 반영하는 비혼, 만혼, 혼술, 혼밥, 자발적 미혼모, 등록 동거혼, 황혼이혼, 황혼재혼, 국제결혼 등이 키워 드렸다.

    오늘 대한민국은 처음 가는 길을 가고 있다. 인구 감소라는 한 번도 가보지 않은 길이다. 이대로 가면 안 된다는 위기감이 확산하고 있다. 저출생 시대와 인구 감소 문제는 비단 우리만이 아니라 많은 선진국에서도 공통적으로 나타나는 사회적 현상이지만 우리의 감소 속도가 어떤 나라보다 빠르다는 데 문제의 심각성이 있다. 이러한 저출생과 인구 감소 문제는 인구 구조의 변화, 노령화 사회의 가속화, 사회복지 부담의 증가 등 다양한 부정적 영향을 초래하게 된다. 이에 따라 가장 화급하고도 근본적인 치유책은 결혼을 장려하는 것에서부터 시작되어야 한다. 그 지름길은 결혼식 자체에 더 이상 부담이 가지 않도록 우리의 결혼문화를 획기적으로 바꿔 가는 것이다.

최근에 북유럽과 호주 뉴질랜드를 다녀왔다. 시청에서 무료로 대관하고 작은 레스토랑이나 정원, 공원에서 지인들만 초대한 검소하고 소박한 결혼식이 하나의 문화처럼 자리매김하고 있었다. 하루 만에 쓰레기 더미로 사라지는 화환, 혼주와 눈도장만 찍고 식당으로 종종걸음치는 하객들, 별로 친하지도 않으면서 모른 척할수 없는 축의금 문화 등이 우리들의 결혼 풍속도이다. 젊은 층에 만연하는 만혼과 비혼 풍조는 이러한 곱지만은 않은 우리의 결혼문화와 결코 무관하지 않다. 사회지도층과 가진 자들이 앞장서야 결혼문화가 바뀐다. 가난한 젊은이들은 평생에 한 번뿐인 결혼식인데 비교당하고 눈치 보기 싫어서 빚을 내거나 결혼식을 미룬다. 인구정책, 육아정책, 교육정책 등 해야 할 것도 많지만, 사소한 것, 작은 것부터 변화하면 좋겠다. 이제 우리도 국민이 공감하고 사회가 공감하는 아름답고 의미 있는 결혼문화를 실천할 즈음이다.

우리는 어렵고 힘들 때마다 더 강하고 끈기 있게 대응하는 힘을 보여주었다. 비혼과 만혼으로 인한 급격한 출생률 감소도 반드시 극복할 수 있다고 확신한다. 정부는 물론 전국의 지방자치단체들이 나서고 있고 기업과 민간 부문에서도 결혼 장려와 출생률 증가를 위해 다양한 대책을 내놓는 등 발 벗고 나서는 모습들이다. 이제 전 국민이 결혼 장려를 위한 커플매니저가 되어야 한다. 너나없이 결혼에 관심을 갖고 예비 신랑 신부가 축복의 결혼식을 가질 수 있도록 이끌고 도와주는 역할을 맡아야 한다.

이러한 차원에서 전국 최초로 구청에 결혼장려팀을 정식 직제로 신설한 대구 달서구청(구청장 이태훈)의 노력이 단연 돋보인다. 달서구청은 신랑·신부 맞선보기 행사와 커플매니저 교육과정을 수년째 운영하는 등 결혼 장려를 주요정책으로 추진하고 있다. 모이면 힘이 된다고 했다. 결혼 장려를 위한 많은 노력들은 머지않아 분명 큰 성과를 나타낼 것이다.

  책이 나오기까지 애써주신 출판사 프로방스 조현수 회장과 삽화를 그리느라 주야로 수고한 박성하 후배께 고맙다는 말을 전한다. 특히, 맏딸을 항상 믿고 지지해 주시는 90대 중반의 부모님과 엄마의 훌륭한 조력자인 외동아들 경근이, 가족들에게 감사를 전한다. 뒤에서 소리 없이 응원해 준 지인들, 회원들, 직원들에게도 감사드린다. 결혼 전문가로서 한 알의 밀알이 되는 소중한 삶을 기도하며 이 책을 읽는 모든 독자 여러분들께도 축복을 빕니다.

2024년 9월

리스토리 결혼정보회사 이 현 숙 드림

차 례

제1장

결혼문화 – 달라지는 결혼을 향한 시선들

제2장

결혼의 가치 – 사람들 아름다운 결혼 이야기

제3장

국제결혼 – 이역만리 넘은 러브 스토리

제4장

재혼황혼 – 갈수록 더하는 진한 사랑

제5장

정책활동 - 결혼하는 세상을 위하여

꿈 / 2024
Acrylic on canvas, 605×500

제1장

결혼문화

—

달라지는 결혼을 향한 시선들

더 이상 쓸쓸하지 않아
Oil on canvas, 430×530

결혼 전 동거를 보는 시선

　가족과 결혼에 대한 가치관의 변화가 눈에 띄게 달라지고 있다. 결혼이라는 제도적 구속에 얽매이지 않고 개인의 자유와 독립에 가치기준을 두는 젊은이들이 늘어나고 있다. 대중매체인 TV에서 공공연하게 미혼남녀들의 동거문화를 리얼하게 방영하고 있다. 시청자들에게는 젊은 남녀들의 위험한 모험이나 불장난으로 보일 소지도 있지만, 시청자들의 관심을 모으는 건 사실이다. 프로그램의 성격이 단순히 시청자들의 호기심과 흥미 위주로 전개된다면 시청자들의 공감을 불러일으킬 수 없다. 혹자는 이 프로그램이 아직은 우리 사회에서 시기상조라는 지적을 한다. 조심스러운 사실이지만, 실제로 예전처럼 동거를 숨기고 쉬쉬하지 않는 분위기다. 특히 나이 든 노처녀 노총각들을 둔 부모님들은 동거가 먼저든 결혼이 먼저든 짝을 찾아주고 싶은 마음이 간절하다. 심지어 돌싱이라도 서로 사랑하고 신뢰하면 상관이 없다고 한다. 물론 사람에 따라서 아직은 유교적인 사고방식과 체면을 중시하는 경향이 있어서 호불호가 다르다.

결혼 전 동거 여부에 대해서는 세대 간의 갈등, 문화적 차이, 사회의 변화에 따라 동거문화를 이해 못 하는 꼰대적인 시각을 가질 수 있다. 현대사회는 전통적인 가족 모델에 대한 고정관념이 흔들리고 있다. 이러한 주제가 이슈가 된다는 것은 결혼의 다양한 형태가 우리 사회에 스며들고 있음을 피부로 느끼게 해 준다. 이미 서구에서는 동거문화가 자연스럽게 다양한 가족의 형태로 수용되고 있다. 사례로 프랑스는 PACS(시민 연대계약) 제도를 도입하여 사랑하는 연인이나 커플들이 시청에 동거 계약서를 제출하고 같이 거주하며 아이도 출산하며 법적인 보호를 받는 제도이다.

서로의 애정이 식거나 함께할 필요성을 못 느낄 때는 이혼이나 법적 절차 없이 간단하게 헤어진다. 동거 중에 태어난 아이들도 편견과 차별 없이 국가가 보호해 준다. 결혼이라는 법적 책임과 구속력 없이 동거를 통해 가족을 형성하는 제도가 서구 국가에서는 일반적인 선택이고 흔한 추세다. 우리나라는 부부가 결혼하면 검은 머리 파뿌리 될 때까지 백년해로 하는 것을 미덕으로 삼는다. 시대의 변화에 따라 개인의 존엄성과 자유를 추구하면서 황혼이혼 재혼도 증가하고 있는 추세이다. 하지만, 아직은 혼전동거가 생소하고 낯설다. 주변 시선에 예민한 문화적 특성상 거부감도 있고 기성세대에게는 문화충돌로 다가온다.

우리나라도 저출산, 인구 위기의 돌파구로 프랑스의 PACS와 비슷한 '생활 동반자 법'을 용혜인 기본소득당의원이 발의한 적이 있다.

'결혼 전 동거'에 대한 생각은 개인의 가치관과 상황에 따라 다르다. 개인적인 행복과 만족을 중시하는 현대인들의 라이프스타일이 하나의 요인으로 작용하기도 한다. 젊은 세대일수록 혼전 동거에 대한 생각이 긍정적이다. 40대 초반의 두 딸을 둔 젊은 커플에게 혼전동거에 대한 생각을 질문했다. 비록 딸을 가진 입장이지만, 결혼해서 서로 실망하여 이혼하는 것보다는 결혼을 전제조건으로 한 동거에는 찬성한다고 했다. 혼기가 꽉 찬 딸을 둔 엄마 역시 반대는 하지 않는다고 했다. 서로 정말 사랑하여 함께 있기를 원한다면 사정상 결혼은 미루고 동거를 먼저 할 수 도 있다고 했다. 동거라는 개념이 쉽게 만나고 쉽게 헤어지는 개념을 말하지 않는다. 책임 있는 결혼을 위한 서로에 대한 검증과 알아가는 과정이라고 했다.

　나이 든 기성세대들도 의외로 시대의 변화를 이해하고 수용하려는 사람들이 늘고 있어서 놀라웠다. 이혼율이 높고, 결혼을 기피하는 젊은이들의 숫자가 늘어나니 나이 든 자녀를 둔 부모 입장에서는 동거도 환영할 일이다. 결혼 전 서로에 대한 앎을 통해 충분한 이해와 신뢰를 쌓은 후 결혼을 해야 실패율이 적다는 이유로 '혼전동거'의 명분을 내세우기도 한다.

'혼전동거'도 결혼의 작은 약속이다. 서로의 일상적인 습관을 이해하고 존중해야 하며 집안일이나 경제적인 분담도 충분히 협의해야 한다. 상호 간의 타협과 배려 의사소통을 중시해야 한다. 혼전동거에 대한 인식이 개인의 호불호가 갈리는 것은 지극히 당연하다. 성인들이 자신의 선택과 결정에 대한 책임 은 오로지 본인들의 몫이기 때문이다.

딩크족과 욜로족이 던지는 메시지

결혼하지 않고 자신들의 인생을 존중하는 소위 말하는 싱글 욜로족과 결혼은 해도 아이를 낳지 않는 딩크족이 새로운 문화의 트렌드로 자리매김하고 있다.

욜로족은 한 번뿐인 인생, 내일보다 오늘을 즐기라. 집을 사는 것보다 좋은 차를 구매하고, 저축보다는 소비에 더 비중을 두는 개인의 라이프 스타일을 더 존중하는 사람들을 말한다. 욜로족의 특징은 자신의 노후준비보다는 현재의 취미나 자기 계발에 관심을 갖고 미래에 대한 계획이나 타인의 시선을 크게 의식하지 않는다. 대부분 결혼에 관심이 없거나 결혼을 원하지 않는 싱글족들의 삶에서 많이 볼 수 있다. 동거는 하면서 결혼을 안

하는 젊은이들도 있다. 모 지상파 방송에서 동거남녀들의 결혼에 관한 토크쇼를 보고 MZ 세대들의 사고와 의식의 변화에 적잖이 놀랐다. '사랑하지만 결혼은 NO'라는 말을 스스럼없이 하면서 결혼은 하지 않겠다 하니 참 아이러니컬하다. 동거남녀들의 이유는 이러했다. '둘이만 좋으면 되지 아이는 필요 없다. 그리고 시댁이나 친척들의 가족관계에 대한 부담도 싫다'가 주 내용이었다. 출산과 육아에 대한 부담 그리고 또 다른 가족관계에 대한 고민이 결혼을 거부하는 원인인 것이다. 이들은 결혼하면 당연히 두 사람 사이의 사랑의 분신을 잉태하고, 사랑하는 배우자의 가족들을 또 다른 가족의 형태로 받아들이는 부모님 세대와는 다른 가치관을 가진 것이다.

딩크족은 수입은 두 배지만 아이를 갖지 않는 맞벌이 부부이다. 딩크족의 어원은 1980년대 미국의 경기가 불황일 때 부부가 맞벌이해서 아이를 갖지 않고 경제난을 극복하기 위해 생긴 것이다. 한국사회도 산업화되면서 여성들이 사회진출을 하게 되고 일과 육아와 교육비 등에 부담을 느낀 젊은이들이 딩크족을 선호하게 되었다. 심지어 아이 대신에 반려견을 자식처럼 키우는 딩펫족도 새로운 신조어로 떠오르고 있다. 미국의 생활양식과 가치관이 한국의 젊은 세대에서도 나타나고 있는 것이다.

딩크족과 욜로족이 합쳐진 커플들도 늘어나고 있다. 맞벌이 해서 풍족하게 둘만이 잘 살려고 아이를 낳지 않는 젊은 부부들도 가끔 본다. 수입차에 명품 옷과 가방 등을 선호하면서 둘만의 취미생활을 즐기는 부부들도 있다. 개인의 성향이고 취향, 가치관이라 옳다 그르다 말할 수는 없다.

필자는 결혼 행복 채널 리스토리 유튜브 채널을 진행하면서 인생의 관록이 깊은 사회 지도자들을 만난다. 그들은 말한다. '결혼은 해도 후회, 안 해도 후회', '하고 후회하는 편이 낫다'. 아이를 갖지 않는 부부보다 자식이 있는 부부가 행복지수가 훨씬 높다. 딩크족보다 아이가 있는 부부의 이혼율이 훨씬 낮다는 것은 이미 통계에서도 입증되었다.

아이는 부부가 권태기를 느낄 때 새로운 버팀목이 되고 사랑의 산물임을 깨닫게 하는 보물이다. 오늘 오후에 50대 중반의 노총각이 상담을 했다. 그는 열심히 일해서 돈도 많이 벌고 사회적으로 성공한 노총각이다. 그는 핏줄이 없으면 노후가 허무해지고 외로워진다며 지금이라도 짝을 찾으라고 주변에서 조언한다고 했다. 열심히 번 돈을 유산으로 조카에게 증여할 것이냐는 사람들의 말에 짜증이 났다. 아뿔싸! 그는 자신의 나이는 잊고 2세를 가질 수 있는 여성을 소개해달라고 했다. 이조시대도 아니고 무슨 재주로 20살 차이의 여성을 소개한단 말인가. 결혼도 시기와 타이밍이 있다.

욜로족이나 딩크족 문화로 인해 출산율은 더 떨어지고 저출산의 늪에서 헤어나지 못하고 있다. 인간은 사회적 동물이다. 혼자 살 수는 없다. 독신·비혼·동거·자발적 미혼모 등과 더불어 새롭고 다양한 형태의 가족문화를 무시할 수는 없다. 전 세계적인 변화의 물결을 마냥 탓할 수도 없다. 아이를 잘 키울 수 있는 자연환경과 맞벌이 부부들이 안심하고 일할 수 있는 육아정책의 개발이 필요하다. 이제 육아문제는 개인의 일이 아니고 국가가 책임져야 할 만큼 중차대한 사회적 문제로 떠올랐다. 국민이 없는 정부와 나라는 없다.

딩크족과 욜로족이 우리 사회에 던지는 메시지는 저출산 극복에 많은 문제점을 시사한다.

결혼이라는 것은 남편으로서 아내로서 많은 사람들에게 사랑의 맹세를 선약하고 축복받는 아름다운 시작이다. 이미 결혼을 경험한 부모님이 자신들을 낳고 길러서 그 기쁨을 누리고 있지 않는가! 딩크족들의 마음에 새로운 변화가 일어나 아이의 울음소리가 전국 방방곡곡에 우렁차게 울릴 그날을 기대해 본다.

빨라도 너무 빠른 세상

　나이가 드니 어쩔 수 없이 '라테는 말이야'가 절로 나온다. 직업상 다양한 계층의 사람을 만나고 폭넓은 연령층과 소통을 해와서 또래 연배보다 젊은 사고와 행동을 한다고 생각했다. 요즘 젊은이들의 성급한 생각과 판단에 대해서는 가끔씩 머리가 하얘진다.

　친구에게는 아들이 둘 있다. 알만한 대학을 나오고 누구나 선망하는 직장에 다니면서 예쁜 신부를 맞아 잘살고 있어 모두 부러워했다. 첫째 아들은 그럭저럭 아이 둘 낳고 알콩달콩 살고 있어서 걱정이 없는데 둘째 아들이 결혼 직후 문제가 생겼다고 한다. 대학 졸업 후 직장을 잡자마자 같은 직장의 여성과 사랑에 빠져 이십 대에 서둘러 결혼을 했다. 당시 우리 모두 자식들이 알 아서 빨리 결혼해 주는 게 효도하는 거라며 맘껏 축하해 주었다.

이 아들이 결혼 후 일 년도 지나지 않아 청천벽력 같은 얘기 를 하더란다. 도저히 성격이 맞지 않아 안 되겠다고, 이혼하겠다 고. 친구 부부는 살다가 이게 웬 날벼락이냐, 며칠을 식음을 전 폐하고 누워서 온갖 궁리를 했다고 한다. 아무리 생각해도 이혼 은 안된다. 어떻게든 아들 며느리를 잘 설득하여 이혼만은 막아 야겠다고 굳게 마음먹고 남편과 아들이 사는 서울로 올라갔단 다. 아들집 근처 카페에서 전화를 거니 아들이 몹시 당황하며 거기 말고 다른 장소를 알려주더란다. 불안한 예감을 안고 택시 를 잡아타고 약속장소로 가니 아들 혼자 나와 있더란다.

알고 본즉, 아들은 이미 몇 달 전 이혼을 했고 서류정리까지 마친 상태였단다. 결혼 후 반년만에 양가 부모와 상의도 없이 자 기들끼리 인생 정리를 해버린 것이다.

하늘이 노래진 것은 당연지사이고, 내 아들이지만 너무 낯선 사람을 보는 것 같아 두렵기까지 했다고 한다. 아무리 시대가 달 라지고 세상이 빠르게 돌아가지만 그 인륜지대사를 자기들 마 음대로 성급하게 처리해 버리다니. 좀 찬찬히 들어보자는 남편 손을 잡아채고 다시는 보지 않겠다는 독한 말을 던지고 그 자리를 떠났다고 했다.

아들은 장문의 카톡을 보내왔다. 부모님께 상의해 봤자 이미 결정 난 일을 가지고 양가 논란만 커지고 고통만 안겨줄 것이라 그리 했다고 한다. 자기의 인생은 자신이 책임지겠다고 했다. 이혼이 무슨 죄도 아닌 세상에 맞지 않는 상대와 힘들게 버티는 게 결국 더 수렁 속으로 들어가는 것이라고.

옛말에 '부모 된 죄'라는 말이 있다. 딱 맞는 말이다. 자식은 절대 못 이긴다. 다시는 보지 않겠다는 독한 마음은 시간이 지나면서 점차 안쓰러운 마음으로 변하고, 걱정이 돼서 다시 서울로 향했다고. 투룸 정도 되는 오피스텔에 홀로 살림을 꾸려 살고 있는 아들을 보니 눈물이 왈칵 쏟아졌단다. 그래도 나름대로 자신의 생활을 잘 다듬어가고 있는 듯해서 안 보고 있을 때보다는 안심이 되었단다.

모임에서 이 얘기를 담담하게 하는 친구를 보며 마음이 먹먹해졌다. 자식들 다 출가시키고 손자 손녀 재롱 보면서 행복하게 인생 후반기를 보내려는데 난데없는 일로 덜컥 발목이 잡히다니. 모두 한마음으로 위로를 했다. 요즘 세상에는 이혼이 흉도 아니고, 아들 말마따나 억지로 참고 불행하게 사느니 새롭게 출발하는 게 맞다고.

예전 우리 부모 세대에는 자식이 눈에 밟혀 차마 갈라서지 못하고 온갖 고통을 겪고 사는 경우가 많았다. 그 후 386 세대만 해도 그 정도까지는 아니라도 이혼이 자신의 일생에 큰 걸림돌이 되기는 했다. 그래서 조금 더 신중하고 노력했다고 한다면 MZ세대가 불리는 세대는 모든 게 거침없고 빠르다. 결정하면 실행에 옮기고 후회나 미련에 질척대지 않는다. 부모들은 그런 속도가 좀 두렵고 당황스럽다.

전문가로서 이런 세태를 어떻게 봐야 할까. 빠르고 다양한 현 세태를 '맞다 아니다 명쾌하다 성급하다'는 이분법적인 사고로는 해결할 수도 없을뿐더러, 정답이 없는 문제 이긴 하다.

자식의 행복만이 최우선 과제인 부모의 마음으로 그들을 지켜봐 주고 더 성숙한 삶을 설계할 수 있도록 믿고 응원해 줄 수밖에. 이혼 후의 삶이 행복할 수 있도록 사회적 지지와 제도적 뒷받침에 미력이나마 보탬이 되기를 바랄 뿐이다.

연상연하 커플

〈밥 잘 사주는 예쁜 누나〉라는 드라마가 한때 인기몰이를 했다. 연상연하 커플의 멜로드라마다. 풋풋한 남자 주인공은 네 살 연상의 예쁜 누나를 사랑한다. 연상의 누나를 쳐다만 봐도 가슴 뛰고 설레는 어설픈 사랑이 시청자의 마음을 앗아갔다. 시청자들에게는 '예쁜 사랑'으로 기억된다. 요즘 연상연하를 주제로 한 드라마들이 대체로 인기가 있다.

드라마는 시대의 흐름을 반영하는 것으로, 연상연하 커플이 사회적 트렌드화 되고 있다는 반증일 것이다.

언제부터인가 결혼 상담을 하면, 남성들이 여성의 나이에 대해 크게 민감하지 않았다. 오히려 한 두 살 연상을 원하고, 심지어 7~8세 이상까지도 수용하는 남성들도 있다. 반면에 여성들은 연하는 자연스럽게 받아들이고, 오히려 나이 차이가 많이 나는 것을 원하지 않는다. 커플매니저들이 상담할 때도, 외모는 가꾸기에 따라 달라서 나이 차이가 그다지 중요하지 않다고 얘기하기도 한다. 여성의 나이에 대해 폭을 넓히면, 더 이상형에 가까운 배우자를 찾기가 쉽다고 조언한다. 시대에 따라 배우자를 찾는 기준도 많이 달라진다. 남성이 모든 생계를 책임지고 가족을 돌봐야 된다는 사고는 이미 구시대적 발상이다. 여성과 남성이 동등하게 사회생활을 하게 되면서, 여성의 사회적 지위나 능력도 향상되었다.

자신을 잘 가꾸는 여성들은 나이에 비해 훨씬 앳되고, 동갑내기 남성들보다 더 동안이다. '나이는 숫자에 불과하다'라는 말이 무색하다. 실제로 모 결혼정보회사에서 설문조사를 한 결과. 미혼남성의 10명 중 8명이 여성의 나이가 더 많은 연상연하 커플에 대해 호감을 보였다. 이유인즉, 평생을 살아가는데 서로 이해와 배려의 폭이 넓어 다툼이 적다. 여성의 수명이 남성에 비해 더 길어서 평균수명을 고려하면 오히려 적절하다. 연상녀의 성숙함으로 결혼 생활에 편안함과 안정을 준다 등이었다. 여성들의 미에 대한 관심의 증가뿐 아니라 남녀평등의식 매스컴의 영향으로 편견이 없어졌다는 것이다.

이러한 물리적인 이유도 있지만, 사랑은 어떠한 제약도 뛰어넘는다는 사랑우선주의 경향이 가장 큰 이유였다.

마흔의 프랑스 마크롱 대통령은 24세 연상의 브리지트 트로뉴와 결혼했다. 십 대부터 스승이었던 현재의 아내와 결혼하겠다던 결심을 결국 실현시키고 말았다. 17세인 어린 제자와 스승이 희곡을 공부하다가 사랑에 빠졌다. 아마 그가 대권을 잡았을 때 아내인 브리지트의 영향력이 크지 않았을까.

젊은 최연소 대통령의 이미지에 성숙한 아내의 이미지가 잘 부각이 되어 마크롱의 정치 프로필에 도움이 되었다는 얘기도 있다.

결혼은 가장 위대한 성공이요, 소중한 축복이다. 그리고 두 사람이 한 곳을 바라보며 가야 하는 장거리 여행이다. 여행을 시작할 때는 기대치가 크다.

그러나 긴 여행은 때로는 지치고 피곤하다. 예전으로 돌아가고 싶고 후회할 수도 있다. 혼자만의 시간을 가지고 싶을 때도 있다. 하지만, 공감과 소통이 되는 동반자와의 여행은 목적지까지 수월하게 갈 수 있다. 좋은 배우자를 만나는 기준이 연상이든 연하든 상관없지 않은가?

오직 젊고 예쁘고 돈 많은 속물적인 조건을 찾는 남성들도 있다. 본인 나이 많은 건 잊고 말이다. 핸섬하고 능력 있는 연하의 남성만 찾는 골드미스도 있다. 만약에 그런 조건의 배우자를 만나면 삶이 마냥 행복할 수 있을까. 서로 한치 양보 없는 팽팽한 줄다리기의 삶이 피곤하고 위험하지는 않을까.

연상이든 연하든 진정으로 서로 사랑하고 부족한 부분을 채워줄 수 있는 배우자를 만나야 된다. 연상연하 커플이 결혼의 신풍속도이지만, 사람이 우선이 되어야 멀리 함께 갈 수 있다. '지금 사랑하지 않는 자 모두 유죄'라는 유명 작가의 책 제목처럼, 이 가을에 목하 열애 중인 연상연하 커플들에게 축복을 보낸다.

자발적 미혼모

일본 출신 방송인 후지타 사유리가 자발적 미혼모를 선언하고 정자를 기증받아 예쁜 파란 눈의 사내애를 출산해서 화제가 되었다. 자발적 미혼모란 누구의 강요 없이 주체적 선택으로 결혼을 하지 않고 엄마가 되는 것이다. 미혼과 비혼은 엄격히 다르다. 미혼은 '아직'이란 의미로 결혼의 가능성을 열어둔다. 비혼은 결혼에 대한 가능성을 시사하지 않는다. 비혼의 상태로 아이를 가지는 것을 자발적 미혼모라고도 한다. 남녀가 혼인을 해야 자식을 낳을 수 있다고 생각하는 전통적인 결혼에 익숙한 기성세대는 혼란스럽기 그지없다.

더군다나 한국사회는 결혼한 사람만이 시험관 아기를 가질 수 있고 이러한 형태의 출산을 법적으로 인정하지 않는다. 임신과 출산에 대한 여성의 자기 결정권에 대해 함부로 비평할 수는 없지만, 논란의 여지가 많은 건 사실이다. 혹자는 원천적으로 아빠의 존재를 차단당한 아이의 인생에 대해 걱정하고, 그 아이가 겪어야 할 사회적인 편견이나 차별에 대해 우려한다. 엄마의 주관적이고 이기적인 자기 결정권에 의해 태어난 아이가 성인이 되어서 자신의 정체성에 대해 고민하지 않을 수 없다고 생각한다. 놀라운 사실은 국민의 30퍼센트가 용감하고 당당한 그녀의 결정을 긍정적으로 수용한다는 것이다. 사랑하지 않는 사람과 결혼해서 아이를 낳는 것보다 더 진정성 있고 존중받아야 된다고 생각한다.정부 여당에서도 사유리의 용기 있는 출산에 축하를 하며 대한민국 역사에 한 획을 그었다고 평했다. 혼인여부와 상관없이 다양한 가족의 형태를 인정하는 열린 대한민국이 될 수 있는 환경의 변화를 언급했다. 2016년 통계자료를 보면 OECD 국가 대부분이 신생아의 비혼출산율이 60퍼센트나 된다. 신생아 10명 중 6명이 비혼출산이다. 우리나라는 1.9퍼센트로 OECD 국가 중 가장 낮다. 프랑스의 경우, 결혼보다 파트너의 개념으로 동거를 하는 젊은이들이 상당수다. 그래서 혼인 출산보다 혼외 출산이 훨씬 더 많다. 결혼에 대한 법적인 제도와 책임에서 벗어나 두 사람이 사랑이 식으면 언제든지 헤어질 수 있다. 동거 중에 아이가 태어나도 국가나 사회가 편견 없이 바라보고, 사회보장제도가 아이의 양육이나 교육을 위해 잘 마련되어 있다. 프랑스는 저출산에서 벗어난 성공한 나라다. 국가가 이러한 출산정책을 잘 활용하여 출산율을 끌어올린 케이스다. 결혼의 여부와 상관없이 아이를 가지고 싶다면 인간의 보편적 인권에 여성의 출산권리도 법적 보호를 받아야 된다. 소수자의 인권과 다양성을 존중하는 글로벌사회에 우리도 인식개선이 필요하지 않을까. 전통적 가족개념이 해체되면서 아이가 차별받을 수 있는 환경에 대해 부정적인 논란도 있을 수 있다. 그러나 비혼과 만혼, 그에 따른 저출산이라는 당면과제를 눈앞에 두고 다양한 가족의 형태에 대해 긍정적 고심을 해야 할 시점이 아닐까 생각한다. 아이 낳는데 제약이 없는 세상, 어떤 이유로도 아이들이 차별받지 않는 아름다운 세상을 꿈꾸며 변화하는 결혼과 출산문화의 다양성을 받아들일 성숙한 국민적 합의를 기대해 본다.

페미니스트

젠더갈등이 심해지면서 여성인권과 관련된 페미니즘과 페미니스트란 단어들이 화제가 되기도 한다. 페미니즘은 라틴어 '페미나'에서 파생된 언어다. 성별(gender)로 인해 발생하는 정치·경제·사회·문화적 차별을 없애야 한다는 견해나 사상을 뜻한다. 네이버 포털사이트에서 검색하면 '여성과 남성의 권리 및 기회의 평등을 핵심으로 하는 여러 형태의 사회적·정치적 운동과 이론들을 아우르는 용어로 정리되어 있다. 페미니스트는 페미니즘을 주장하거나 따르는 사람을 뜻한다.

얼마 전에 삼십 대 중반의 초등학교 기간제 교사인 여성이 결혼을 하기 위해 상담요청을 했다. 날씨가 더운 탓인지 청바지와 티셔츠에 운동화 차림의 가벼운 복장이었다. 화장기 없는 얼굴에 아이스커피를 손에 든 채, 얼굴엔 홍조를 띠고 상기된 표정이었다. 타사에 잠깐 들러서 상담했는데 회사가 별로 마음에 들지 않았다고 했다. 그녀는 지금까지 결혼생각이 없었다고 한다. 삼십 대 중반이 지나니 어머니가 성화를 부려서 어쩔 수 없이 방문하게 되었다고 했다.

20여 년 이상 결혼정보회사를 운영한 경험으로 그녀의 행동이 여느 여성들과는 조금 다르게 느껴졌다. 그녀는 일방적으로 본인이 원하는 남성의 조건을 나열했다. 나이·학력·직업·자산·외모·키 등을 세분화하여 자신의 이상형을 열정적으로 설명했다. 그녀가 찾는 완벽한 조건의 남성은 그녀만큼 좋은 조건을 찾는 남성들일 수밖에 없다. 낙타가 바늘구멍을 통과할 만큼 힘든 일이다. 사람은 상대적이기 때문이다. 상담을 할수록 그녀가 찾는 배우자상은 공주님을 모시고 사는 머슴에 가까운 남성이다. 남편이 요리도 하고 청소도 하고 그것이 안 내키면 각자 자기 일을 하며 서로 간섭하지 않아야 된다고 했다. 예전에 사귀던 남자친구도 그녀를 위해서 요리를 직접 했다고 한다. 아이를 낳으면 친정어머니에게는 절대로 맡기지 않을 것이며 시어머니가 양육해

쥐야 한다고 했다. 이유는 남편과 시댁의 핏줄이라는 황당한 논리였다. 친정엄마도 결혼해서 육아에 집안살림이나 할 바엔 차라리 결혼 안 하고 혼자 사는 게 낫다고 했단다. 그래서 이런 이상형을 찾으면 결혼하고 아니면 독신으로 살겠다고 했다.

'82년생 김지영'이란 소설이 베스트셀러로서 이슈가 되었다. 오늘날 대한민국의 30대 여성들이 결혼 후 경력 단절녀로 살아가면서 가정과 사회·직장에서 부딪치는 성차별의 애환을 영화화한 소설이다. 페미니즘과 여성혐오라는 대립된 양날의 칼을 잘 묘사한 작품이기도 하다. 요즘시대는 여성도 남성과 똑같이 교육받고, 부모의 유산도 딸·아들 구별 없이 동등하게 받는다.

여성들의 사회진출이 당연시되면서, 능력 있는 여성들은 결혼을 기피하기도 한다. 결혼으로 인해 자아실현의 꿈을 접어야되고, 경력 단절녀라는 달갑지 않은 수식어에 회의를 느낀다. 결혼을 앞둔 이 시대 여성들의 보편적인 고민은 충분히 헤아리고도 남는다. 하지만 상담을 의뢰한 여교사의 경우는 이기적인 생각과 행동이 지나쳐 한동안 혼란스러웠다. 여자라는 이름으로 평등을 초월한 급진적 페미니즘 사고의 한 단면을 보는 것 같았다. 결혼이 고귀하고 숭고한 남녀의 사랑이 전제되어야 한다는 사고는 찾아볼 수 없었다. 단지 본인의 삶을 영위하는데 결혼이라는 적당한 수단이 필요한 듯했다. 그녀의 이기적인 생각이 변하지 않는 한 앞으로도 결혼 성사는 힘들지 않을까? 직업인으로서 이율배반적인 생각에 허탈감이 왔다.

페미니스트가 여성 우월주의와 남성 혐오로 잘못 생각하는 여성들도 있다. 진정한 페미니스트는 여성 우월주의가 아니라 동등한 권리와 의무로 양성 평등을 지향하는 것이다.

힘들고 어려운 일이 닥치면 남과 여를 구별하면서 필요할 때만 남녀평등을 외친다면 진정한 페미니즘이라고 할 수 있을까? 남편과 아내가 서로의 역할을 분담하고, 서로를 배려할 때 조화로운 가정이 탄생한다. 책임과 의무는 저버린 채, 권리만 주장하는 페미니즘은 허공을 향하여 외치는 메아리와 다를 바가 없지 않을까.

꽃이 피다 / 2024.
Acrylic on canvas, 300×300

제2장

결혼의 가치

사람들 아름다운 결혼 이야기

더 이상 쓸쓸하지 않아
Oil on canvas, 430×530

결혼을 축복하지 않는 사람들

'중매를 세 번하면 천당 간다'는 말이 있다. 이는 인륜지대사
인 사람의 혼인을 맺어주는 것이 쉬운 일이 아니라는 것을 의미
한다. 요즘은 결혼정보회사를 통해서 짝을 찾는 것이 대세다.
결혼정보 회사에 회원으로 등록을 하고 계약서를 작성한 후 맞
선을 보는 것이 일반적인 결혼정보 회사의 관례다. 남녀가 결혼
을 전제로 교제 후, 서로가 결혼 의사가 있으면 공식적으로 양가
부모님과 가족을 만나는 상견례의 형식을 갖춘다. 그래서 상견
례 후 일주일 안에 성혼비를 입금하도록 계약서에 명시되어 있
다 상견례 시 신랑 신부와 양가 가족들이 대부분 결혼식 날짜
를 상의하고 조율한다.

계약 시에 이러한 상황을 충분히 설명하고 사인을 받지만, 막상 결혼 일정을 잡고도 미적거리며 성혼비를 미루는 매너꽝인 사람들이 있다.

회사에 찾아와 처음 계약을 할 때는 좋은 혼처를 부탁한다며 혼사가 이뤄지기만 하면 돈이든 무엇이든 다해줄 것처럼 말했던 사람들이다. 이들은 결혼만 성사되면 성혼비가 문제가 아니라 결혼 축하기념으로 회사에 보너스까지 두둑이 내놓겠다고 호들갑을 떨었던 사람이다. 이들의 태도변화를 미리 알아서가 아니라 회사로는 이때마다 한결같이 '성혼비만 계약대로 맞춰주시면 됩니다. 잘 되면 주변에 소개만 해주셔도 큰 감사함입니다'라고 말한다.

일을 하다 보면 성혼비는 문제가 아니라며 허풍까지 떨었던 회원이 결혼이 성사되자 약정한 성혼비마저 주는 것을 아까워하며 꽁무니를 빼는 것을 보면 안타깝다.

지방에서 유지이고 스스로 100억 대 이상의 자산을 가진 부자라고 자랑하던 한 신부의 아버지는 의사 사위를 보게 해 달라며 회사를 찾아왔다. 그는 성혼비는 걱정도 말라면서 신랑이 될 사람에게도 혹할만한 많은 예단비도 제시했다. 회사 직원들에게도 더없이 친절하며 수시로 전화를 걸어와 맞선을 재촉하기도 했다. 두 달 만에 마음에 드는 의사와 용케 인연이 돼 양가 상견 례도 했고 결혼식 날짜까지 잡았다. 매니저와 직원들도 결혼성 사를 기뻐했다.

그러나 부자라고 자랑하던 아버지는 상견례 이후부터 태도 가 180도로 달라졌다. 성혼비를 내야 할 날이 한 달이 지나도 돈을 넣지 않고 있다. 매니저가 전화하면 바쁘다며 바로 끊거나 전화를 안 받고 피하는 일도 잦았다. 독촉이 계속되자 그는 "결 혼식이 늦가을이니 그동안 행여 잘못되면 중매비가 날아가니 천 천히 보고 돈을 입금하겠다"며 짜증스러운 반응까지 보인다. 계 약서를 휴지로 만들 것도 아니면서 얼굴을 바꾼 그의 모습은 보 기 참으로 민망하다.

화장실에 가기 전과 후가 다르다는 말처럼 매니저들이 가장 싫어하는 성혼비 지급 유형이 있다. 사윗감 며느릿감의 조건이 마음에 안 들지만 자식이 좋다 하니 억지춘향이 격으로 결혼시 키니 성혼비를 다 못 주겠다는 유형, 부모가 회원 등록하고 프 로필도 부모가 자식에게 전달해서 성혼이 되었는데 막상 교제 를 하니 아쉽고 내 딸은 더 나은 사람 볼 수도 있었다며 매니저 를 원망하는 유형, 집 마련, 웨딩 준비로 돈이 없다며 결혼식 축 의금 받아서 주겠다고 하는 커플도 있다. 또 하나의 공통점은 부자이거나 여유 있는 사람들 중에 오히려 성혼비를 안 주려고 미루는 사람들이 더 많다는 사실이다. 일반인들은 상견례가 이뤄지면 계약서대로 성혼비부터 제때 입금한다. 회사에 대해서도 무척 감사한다.

옛말에 중매쟁이 마음 상하게 하면 잘 살 수 없다고 한 말이 있다. 전화 한 통 없이 통장으로 입금시키는 젊은이들도 있다. 예전엔 과일이나 케이크이라도 사들고 중매비를 봉투에

넣어 감사하다는 인사로 직접 찾아왔다. 다들 그런 건 아니지만 일부의 사람들의 행동 때문에

좋은 일에 회의가 올 때가 있다. 지금은 결혼중개업 법에 의해 개인이 금품을 받고 중매를 할 수는 없다. 사업자로 허가를 낸 결혼정보 회사들만이 성혼비 등을 받고 정식으로 중매를 한다. 이렇다 보니 결혼중매가 너무 상업적으로 흘러가는 측면도 물론 있다.

그러나 평생의 배우자를 만나는 과정이 거래나 흥정처럼 흘러가서는 안된다. 결혼정보회사의 중매도 비록 영업행위지만 물건을 사고파는 장사나 거래가 결코 아니다. 예비 신랑신부들 간의 인격과 자존감을 바탕으로 배우자를 만나고 선택하는 소중한 인격과 비전의 나눔 장이다. 그 과정을 당사자 스스로도 소

중히 여기고 존중해야만 그들 각자의 결혼 역시도 귀하고 의미 있는 선물이 될 수 있다. 결혼 전에는 모든 것을 다해줄 것처럼 회사에 찾아와 입에 발린 온갖 소리를 하다가 정작 결혼이 성사되면 언제 그랬냐는 듯 태도를 돌변하는 사람들을 보면 씁쓸함을 감출 수가 없다. 축복받아야 할 결혼에 구설수가 따라서 좋을 일이 없다. 자신들의 결혼을 스스로 결혼을 축복하지 않은 사람들이 되어서는 안 된다.

온전히 하고 격을 지킬 수 있어야 남도 자신을 그렇게 대한다는 것을 꼭 명심했으면 좋겠다.

배우자 선택 기준

　평생을 함께 할 배우자를 만나는 데 있어서 배우자 선택 기준은 정말 중요하다. 사람에 따라서 선택의 기준은 다양하다. 외모 학력 직업 경제력 성격 종교 가치관 취미 등 많은 것을 본다. 요즘 신세대들은 개성이 강하다. 이러한 기본적인 조건뿐 아니라 유머와 센스가 있고 상대를 배려할 줄 아는 인간미나 정서적인 감성까지 요구한다. 예전에는 남성의 경우 여성의 외모를 중시하고 여성은 남성의 능력을 우선으로 하는 경향이 있었지만 요즘은 그렇지도 않다. 남녀 간에 이상형을 보는 기준에 큰 차이가 없다. 남성도 여성의 능력을 보고, 여성도 남성의 외모를 꽤나 중요시한다. 모 결혼정보 회사에서 미혼 남녀 25세 이상 39

세 이하 1000명에게 배우자 선택 우선순위 설문조사를 했다. 1순위가 성격, 2순위가 외모, 3순위가 경제력이었다. 내적 조건이 단연 우위이지만 외적조건도 상당히 중시한다는 결과가 나왔다.

일생에 한 번의 선택이 자신에게 행복이 될 수도 있고 불행이 될 수도 있다. 배우자 될 사람의 성격이나 인간미를 배제한 채 섣불리 눈에 보이는 외적 조건에 콩깍지가 씌어 나중에 후회를 하는 사람도 많다. 조건이나 외모도 중요하지만, 인간은 감정 교환을 하는 동물이기 때문에 서로 공감할 수 있고 소통이 되는지 다양한 기준에서 생각해 봐야 한다.

자라온 환경과 문화에 따라서 가치기준이나 행동양식도 다르다. 그래서 옛 어른들은 혼사를 앞두고 집안의 가풍과 부모님이 어떤 사람인지 가정환경에 주안점을 두기도 했다. 사람의 인격형성은 하루아침에 만들어지는 것이 아니고 오랜 시간 동안 익숙한 습관과 경험에 의해 형성이 되기 때문이다.

얼마 전에 서울 강남에서 토박이로 살아온 30대 후반의 외모가 돋보이는 여성이 회원 등록을 했다. 그녀는 스카이대 출신에 아버지 회사에 적을 두고 박사과정을 공부하고 있었다. 일정한 수입이 없는데 부모 잘 만난 덕분에 수입차를 타고 늦은 나이에 대학원을 다니고 있었다. 아가씨의 엄마가 전화 상담을 요청했다 엄마도 강남의 부잣집 사모님답게 교양과 지성미가 철철 넘쳤다. 회원가입비를 송금하면서 성혼이 되면 거금을 주겠다고 제안을 했다. 이유인즉슨 딸이 눈이 많이 높아서 프로필만 보고 단박에 거절할 수도 있으니 양해하라는 말까지 덧붙였다. 이상형을 물었더니 딸의 수준에 맞게 알아서 해달라고 했다.

　일류 대학 출신에 미모의 부잣집 딸이지만, 결혼 적령기를 훨씬 넘었고 직업이 없는 핸디캡을 갖고 있는 골드미스다. 외모를 우선으로 하는 남성을 공략해야 하지만, 아가씨의 학벌과 환경에 걸맞은 남성을 찾는 것이 쉽지 않았다. 다행히 뛰어난 외모 덕분인지 의사, 변호사, 연봉 1억이 넘는 대기업 사원, 스카이대 출신의 공무원들이 맞선을 수락했다. 외모지상주의가 실감이 났다. 아가씨 엄마에게 남성의 프로필을 보내면 딸에게 상의해서 연락을 주겠다고 했다. 의외로 반전이 일어났다. 이유도 없이 딸이 모두 거절을 했다. 엄마는 계속 미안해했다. 20여 년 동안 결혼 전문가로 활동했지만, 도대체 감을 잡을 수가 없었다. 재산이 100억이 넘는 집안의 후계자인 한 살 연하의 키 크고 잘 생긴 사업가를 추천했다. 먼저 아가씨가 맞선 볼 의사가 있다고 하면 남성에게 물어보기로 했다. 열한 번째로 추천한 남성 프로필을 보고 드디어 아가씨 엄마로부터 딸이 맞선을 수락했다는 연락이 왔다. 연하의 총각은 아가씨가 나이 많다는 이유로 거절했다. 이 아가씨의 이상형은 연하의 잘 생기고 돈 많은 백마를 탄 왕자였다. 씁쓸했다. 어떤 시어머니가 부족함이 없는 아들을 수입차를 몰며 골프나 치고 사치하는 화려한 백조 며느리에게 내주고 싶을까. 그녀는 공무원이나 샐러리맨은 아예 자신의 이상형이 아니라고 단언했다. 왜 그녀의 엄마는 딸에게 외모와 부가 배우자 선택의 전부가 아니라는 것을 가르치지 못했을까. 진실한 사랑으로 맺은 결혼만이 진정한 행복에 다다를 수 있다는 만고의 진리를 왜 모르고 살게 했을까.

미국의 연방준비제도 이사회 의장이었던 버냉키는 '좋은 배우자를 고르는 10가지' 제안을 했다. 내용을 요약해 보면, 10년 이상 살면 외모, 돈, 지위는 허상이라는 것을 알게 된다. 왜 그 사람을 사랑하는지, 왜 끌리는지가 중요하다. 부부는 서로 마음이 통하고 공감할 수 있어야 된다. 성실성, 책임감, 믿음, 상대방을 지지하고 응원하는 마음, 서로를 존중하고 배려하는 것이 진정한 사랑으로 승화되기 때문이다. 외모, 돈, 집안 등에 혹해 결혼을 하는 것이라면 행복한 결혼생활을 오래 유지하기 어렵다.

그녀가 운 좋게 돈 많고 잘 생긴 남자를 만나서 행복하게 살기를 바라지만, 신데렐라가 되기는 하늘의 별 따기다. 똑똑하고 잘생기고 돈 많은 남성은 머릿속이 텅 빈 미녀를 좋아하지 않는다는 사실이다. 그녀가 지금이라도 생각을 바꾸어서 결혼할 만한 가치가 있는 배우자를 만나는 최고의 행운녀가 되길 빌어본다.

소통의 비결 적절한 자아노출

미국의 심리학자 조셉 루프트(Joseph Luft)와 해리 잉엄(Harry Ingham)이 고안한 대인관계 모형인 조하리의 창(Johari Window)은 사람과의 관계에 있어서 자아의 모습을 네 가지 영역으로 나누고 있다. 즉, 열린 자아와 눈먼 자아, 감추어진 자아와 미지의 자아로 '나'의 모습을 구분하고 있다.

우선 열린 자아는 이름이나 얼굴, 키, 신체적 특징과 같은 모두에게 공개되어 있는 '나'의 모습이다. 여기에 비해 눈먼 자아는 버릇이나 걸음걸이, 성격처럼 상대방은 잘 알지만 정작 자신만 모르고 있는 또 다른 나를 의미한다. 부끄러운 자신의 과거나 열등의식 등과 같이 상대방에게 공개하고 싶지 않아 비밀로 하고 있는 감추어진 자아도 있다. 반면에 미지의 자아는 알 수 없는 나이다. 이러한 여러 자아들은 상대의 자아를 어느 정도로 알고 있느냐에 따라 대인관계는 크게 달라진다. 눈먼 자아나 감추어진 자아가 많아지면 대인관계는 원만하지 못하고 여러 갈등이 생겨날 수밖에 없다.

조하리의 창을 떠올리게 된 것은 내가 아는 중년의 어느 시인 때문이다. 여류시인으로 어느 정도 성공해 이름을 얻은 그녀와 나의 첫 만남은 아마도 초등학교 4~5학년 정도 여름방학이었다. 나는 시내에 살다가 아버지가 고향마을에 사과밭을 사게 되면서 시골로 이사를 갔다. 당시 아버지가 중학교 선생님이어서 농사도 짓지 않고 비교적 유복한 편이었다. 밤이면 호롱불로 별나라처럼 바뀌던 그때의 작은 시골 고향마을과 어린 시절의 추억은 수십 년째 도시생활을 하고 있는 내 마음속에서 한순간도 떠난 적이 없다. 그런 때에 나는 시인이 된 그녀를 소꿉친구로 만났다. 3년 정도 방학이 되면 늘 만나곤 했지만 아버지가 도시로 전근을 가게 돼 이후 그녀의 소식을 듣지 못했다.

대구에 살던 그녀는 방학만 되면 남동생 둘을 데리고 시골

마을 작은 아버지 댁에 와서 한 달 정도 지내다 돌아갔다. 그녀의 작은 아버지도 노모를 모시며 어렵게 사는 편이었지만 아버지를 잃고 홀어머니 밑에서 어렵게 지내는 어린 조카들을 위해 방학 때만이라도 시골로 불러 돌봐주곤 했다. 조용하고 작은 시골마을에 도시 아이들이 방학 때마다 왔으니 마을 사람들은 누구나 그들을 알아봤다. 그녀는 동생들과 함께 자주 우리 집을 찾아와 함께 놀았다. 하얀 피부에 주근깨가 있고 앞니가 살짝 덧니가 난 그녀와 나는 친해졌다.

그녀의 작은 아버지 집에 가서 작은 엄마 눈치를 보며 썩은 사과를 도려내고 함께 먹은 적도 있고, 우리 집 퇴청 마루에서 그녀와 도란도란 얘기도 나누었다. 감성이 풍부한 사춘기의 두 소녀는 황순원의 소나기를 논하며 손 편지도 주고받았다. 가난한 그녀가 내게 준 선물을 나는 아직도 상세하게 기억한다. 그녀는 도시에서 눈깔사탕을 포장한 반짝이는 비닐 껍질이나 엽서 같은 것을 모아서 책갈피에 끼워두었다가 곱게 펴 내게 주기도 했다. 당시 내게도 낯설기만 했던 시골에서 그녀와 말동무 한 유년의 기억들은 흑백사진처럼 뇌리에 생생해 그녀는 어떻게 살까 보고 싶기도 했다.

　그러던 어느 날 우연히 고향 분을 만난 자리에서 시인이 된
그녀의 소식을 전해 듣고 수소문한 끝에 그녀의 전화번호를 알
아냈고 나는 떨림과 설레는 마음으로 그녀에게 전화를 걸었다.
번호를 누르는 순간에도 전화기 너머에서 금방 "야! 너였구나!
잘 있었어?"라는 반갑고 그리운 그녀의 목소리가 메아리칠 것만
같은 예감이었다. 그러나 전혀 예상치 못한 그녀의 말에 나는 놀
라움으로 굳어져 버렸다. 몇 번이고 내 이름을 이야기하고 지난
추억을 설명했는데도 차가운 돌처럼 무반응이었다. 나에 대해
아무런 관심도 없었고 반응도 하지 않았다. "저는 도시에서 오래
살아서 어린 시절 시골에 대한 기억 같은 건 없어요."라고 하면

서 옛 이야기나 추억 같은 것들은 듣고 싶어 하지도 않았다. 나를 소개했지만 지나가는 사람 얘기를 듣는 것처럼 시큰둥했다. 자신에 대한 얘기는 한마디도 하지도 않았다.

비참함과 참담함이 썰물처럼 몰려왔다. 상대의 무관심과 냉담함에 나는 나의 말과 감정들을 다시 주워 담느라 어찌할 바를 몰랐다. 횡설수설 겨우 마무리를 하면서 전화를 끊었다. 수십 년을 마음 한구석에 고이 간직해 온 유년 시절의 아름답고 때 묻지 않은 추억들이 쓸데없는 휴지 조각처럼 흩날리며 사라졌다. 그녀에게 유년은 어떤 것일까? 숨기고 지우고 없애버리고 싶은 것일까? 그것이 아니면 어떻게 그토록 잔인하게 자기를 부정하고 추억을 부정하고 감정을 부정하는 것일까. 그녀의 시적 감성은 어디서 나오며 그녀가 토로하는 시의 세계는 도대체 무엇이란 말인가. 가장 소중한 인간의 따스한 추억과 때 묻지 않은 감정들까지 부인하는 감추고 싶은 자아가 가련해 보인다.

결혼할 남녀가 가족사나 신체의 어떤 부분을 숨기는 경우도 종종 있다. 요즘은 여성이나 남성들이 모두 상대의 외모 성격 등을 그들이 갖고 있는 능력만큼 소중하게 생각한다. 맞선 때 키높이 구두와 숱이 적은 머리숱을 감추려고 가발을 쓰는 경우도 있다. 첫 만남까지는 예의상 애교로 받아줄 수도 있지만, 들통이 나기 전에 타이밍을 잘 택해서 소통해야 한다. 신혼여행 가서 첫날밤에 보여줄 수는 없지 않은가? 감추어진 자아로부터 마음의 문을 열어야 한다.

슬기로운 거리두기

　코로나로 인해 사회적 거리 두기가 일상적인 용어가 됐다. 거리 두기란 단어가 그리 살갑지는 않다. 때로는 인간관계도 적당한 거리 두기는 멀리 갈 수 있다. 가깝게 지내는 지인이 하소연을 했다. 부모사랑을 독차지한 외동아들이 결혼을 했고, 눈에 넣어도 안 아플 손녀들이 태어났다. 세상에서 엄마가 가장 위대하고 훌륭하고 멋지다고 말했던 아들이 변했다고 했다.

　품 안의 자식이라 했던가. 자식이 어릴 때는 부모의 뜻을 따르지만, 성인이 되면서 자신의 소신대로 행동하는 것을 비유하는 말이다. 옛 어른들의 자식에 대한 서운함과 만감이 교차하는 말이 아닐까 하는 생각이 든다. 결혼시키면 부모의 도리는 다했고, 아들 며느리에게 효도 받고 손자 손녀 재롱 보며 이젠 당신의 인생을 멋지게 살고 싶었다. 부모를 거역할 줄 모르던 아들이 며느리 앞에서 사소한 일에도 본인의 주장을 내세우곤 했다. 외동아들이라 마마보이로 오해받을까 봐 그러려니 이해하려고 했으나 그런 일 들이 잦았다. 고부간의 일에도 수시로 끼어들어 아내 편을 들곤 했다. 일상에서 일어난 별거 아닌 일에 아들이 대변하고 참견함으로써 사태를 악화시켰다. 고부간에 별문제 없이 잘 지내왔지만, 아들의 행동 때문에 며느리까지 서운했다. 인간은 가장 가까운 사람의 영향을 받는다. 한 집에 사는 며느리 탓이 아닐까 하는 생각까지 하게 되었다. 지척에 있는 부모에게는 주말에 나들이 한번 가자고 하지 않던 아들 내외가 처가 부모님과 한우구이 먹고 왔다는 손녀 얘기에 씁쓸한 마음을 달랬다. 시간이 흐를수록 자식에게서 멀어져 가는 마음이 힘들다고 했다.

며칠 전, 삼십 대의 이혼녀가 회원 등록을 했다. 처음에 여동생이 의뢰를 했다. 언니가 과거의 삶에서 벗어나지 못하고 정신적으로 무의미한 삶을 사는 것이 안타까워 전화상담을 해온 것이다. 이후 언니가 망설임 끝에 동생의 권유로 사무실로 오게 되었다. 그녀는 천주교 신자에 공기업에 근무하고 있는 재원이었다. 이혼사유는 시부모의 지나친 간섭에 남편의 방관이었다.

사내커플로 짧은 연애 끝에 결혼했다. 남편은 사내에서 부잣집 아들에 외모도 출중한 인기남으로 소문나 있었다. 알고 보니 부모님이 사업으로 부도가 나서 전세방도 겨우 그녀가 보태서 살림을 차린 빛 좋은 개살구였다. 신혼시절부터 시부모님의 간섭이 시작되었고 며느리의 월급봉투까지 관리하려 들었다. 불시에 아들 집에 들이닥쳐 냉장고 문을 열고 잔소리를 했다. 며느리는 매일 문안 전화를 해야 했고, 시부모의 비위를 맞추려고 고급 레스토랑에서 식사대접을 하고 백화점에서 비싼 옷을 사드리곤 했다. 때로는 그녀는 자신이 무엇을 잘못했는지도 모르고 시부모님의 불평불만을 감당해야 했다. 그녀는 견디다 못해 말대꾸를 했고, 시부모님의 폭력으로 이어졌다. 더욱 속상한 것은 남편의 수수방관이었다. 남편은 부모님 눈치만 보고 오히려 이혼을 요구했다 한다. 남편만이라도 자신을 이해하고 시부모님과의 중재 역할을 했더라면 이혼만은 하지 않을 것이라 했다.

두 사례를 보면서 슬기롭지 못한 남성들의 행동이 참 안타깝다. 부엌에서는 아내 편을 들고 안방에서는 어머니 편을 들어주라는 말이 있다. 아내도 어머니도 둘 다 소중한 존재다.

　너무 과하지도 지나치지도 않은 중용의 미덕이 필요하다. 부모 자식 간에도 적당한 거리 두기는 필요하다. 가족관계나 친구 사이도 마찬가지다. 적당한 거리 두기를 했으면 입지 않았을 마음의 상처를 너무 가까이한 탓에 입을 수도 있고 , 반대로 줄 수도 있다. 그렇다고 멀리하고 지내면 소원해지고 또 보고 싶은 것이 가족과 친구 관계이니 적당한 거리 두기는 참 묘한 힘이 있다. 그래서 인간을 사람(人)과 사람 사이(間)로 정의했는지도 모르겠다. 사람과 사람 사이에 최적의 거리 두기는 그냥 되는 것이 아니라 세심한 주의와 배려 노력이 필요하다. 너무 가까이해도 안되고 그렇다고 너무 멀어도 안 되는 거리 두기는 말처럼 그렇게 쉽지는 않기 때문이다. 그래서 사람 관계는 불가근불가원(不可近 不可遠)이라는 말도 있다. 너무 가까이해도 안되고 너무 멀리해도 안 되는 적당한 거리가 최적이라는 말이다.

　아내와 어머니 사이에 적당한 거리 두기를 했더라면, 어머니와 아내도 안 섭섭하고 고부간의 큰 갈등 없이 자연스럽게 해결하였을 것이다. 또한 시부모의 폭력에는 남편인 아들의 슬기로운 역할이 있었더라면 이혼만은 피하지 않았을까? 이 가을에 성혼이 돼 결혼을 알리는 회원들이 많다. 슬기로운 거리 두기로 지혜롭고 행복한 결혼생활이 되기를 빈다.

워킹맘 총리의 사임을 바라보며

최근 뉴질랜드 총리가 저신다 아던(42)에서 크리스 힙킨스로 바뀌었다. 올해 45살인 신임 총리는 5선 의원으로 경찰·교육부 장관을 지내다 저신다 아던 전임 총리가 전격 사퇴선언을 하면서 물러남에 따라 신임총리에 오를 수 있게 되었다. 남의 나라 이야기지만 뉴질랜드 총리의 사임과 취임 과정을 보면서 신선한 충격을 받았다. 교체과정이 무난히 이뤄지는 것도 그렇지만 그것보다는 아던 총리의 갑작스러운 사임발표나 그 이유가 놀라웠다. 젊은 여성총리로 취임부터 관심을 모았고 2018년 타임이 선정한 '전 세계에서 가장 영향력 있는 100인'에 오르면서 이른바 '저신다 마니아' 현상을 낳기도 한 주인공이어서 사퇴연설을 지켜본 언론들도 놀라움을 표시했다. 이들 중에는 그녀의 솔직함에 감동했다는 반응들도 많았다.

동서고금을 막론하고 정치인들은 스스로 물러나는 경우가
드물다. 더욱이 자신이 하는 일이 힘에 부친다거나 자신의 능력
이 부족하다는 것을 인정하는 경우는 더 찾아보기 어렵다. 늘
자신이 적임자이고 가장 일을 잘 해낸다는 점을 부각하면서 오
래오래 자리를 지키기를 원한다. 그래서 정치인들은 스스로 정
치를 그만두거나 자리에서 내려오는 경우는 보기 어렵고 늘 타
의에 의해 물러나게 된다. 아던 총리는 이런 상황과는 달라 충격
적이었다. 그녀는 사임의 이유로 '번아웃'을 들었다. 재임 중 출
산을 해 한 나라의 지도자이면서 워킹맘이 된 그녀는 여러모로
매우 힘든 상황을 보낼 수밖에 없었다. 총리로서 시간을 보낸 그
녀는 집에서는 딸을 위한 생일 케이크를 구웠다. 때론 하루 종일
회의에서 입고 있었던 옷에서 기저귀 크림 얼룩을 뒤늦게 발견
하면서 당혹해했다는 등의 양육의 고충을 SNS에 토로하기도 했
다. 4살 난 딸을 둔 그녀는 사임 연설을 하면서 워킹맘의 고충을
얘기했다. 그녀는 "정치인도 인간이고 모든 것을 하고 나면 떠날
때가 된다. 제겐 지금이 그때"라며 가족들과 더 많은 시간을 보
내고 싶다고 말했다. 그녀는 또 딸이 학교에 입학할 때 딸 곁에
"있어 주고 싶다"면서 사실혼 상태에 있는 배우자에게 "드디어

우리도 결혼식을 올리자"고도했다.

　물론 아던 총리의 사임에 정치적 계산이 완전히 배제됐다고
보긴 어렵다. 하지만 워킹맘으로서 솔직하게 인간적인 모습을 보
여주는 그녀의 힘든 상황들을 듣고 있으면 연민이 느껴진다. 동
시에 그녀는 전 세계적으로 수많은 워킹맘들의 고충들을 대변해
주기도 했다. 사실 우리나라는 합계출산율이 세계 최저로 떨어
지면서 저출생 문제 해결이 가장 심각한 국가적 과제로 떠올라
있다. 저출생 문제를 해결하기 위한 백가쟁명식 대안들이 여기저
기서 제시되고 있지만 문제를 근본적으로 해결하기 위한 대안으
로는 늘 부족하고 미흡해 보인다. 특히, 아던 총리가 총리직 사임
으로 상징적으로 보여주었듯이 워킹맘들의 육아 고충은 실로 크
고 심각한데도 대책은 여전히 부실한 편이다. 여성의 권익이 신
장되고 육아를 위한 각종 지원이나 배려들이 제도화되고 있다
고 하지만 선진국에 비하면 우리는 아직 너무나 부족하다. 이러
한 것들이 결혼적령기에 있는 우리 주변의 많은 여성 직장인들
의 결혼을 미루고 주저하게 만드는 원인이 되고 있다. 때문에 어
쩌면 워킹맘들의 육아에 대한 부담을 줄여주는 것부터 시작해야
비로소 만혼이나 비혼의 문제도 해소될 수 있다고 보인다.

지금의 젊은 여성들은 남성과 거의 같은 비율로 대부분 직장에서 일을 한다. 일은 여성들에게 있어서 이제는 결혼만큼 중요한 것이 되고 있다. 일이냐 결혼이냐 중 어느 하나를 선택하고 하나를 포기할 수 있는 시대는 이미 아니다. 동시에 할 수 있어야 하고 할 수 있게 도움도 주고 지원도 해야 한다. 결국 오늘의 여성들에게는 일과 함께 임신출산과 육아 부담이 동시에 주어져 그만큼 고충이 큰 것도 사실이다. 이것을 사회가 함께 인식하고 해결책을 찾아줘야 비혼이나 만혼 나아가 저출생 문제까지도 해결될 수 있다.

워킹맘에 대한 인식이나 지원이 예전과는 많이 달라졌지만 아직도 우리의 직장에서의 현실은 배려가 충분하지 않다. 출산이나 육아휴가를 가면 눈치가 보이고 여러 가지로 부담이 느껴지기도 하는 것이 현실이다. 이런 상황이 개선되지 않는다면 여성들이 쉽게 결혼을 선택하고 아이를 갖기가 쉽지 않다. 정책적으로도 여기에 대한 인식이 부족하면 저출생 문제의 극복은 비용과 시간을 아무리 투자해도 구호에 그칠 뿐이고 겉돌 수밖에 없다.

워킹맘이었던 현직 여성총리가 일과 육아의 고충을 호소하며 자리에서 물러난 것은 이런 측면에서 많은 시사점을 준다. 5년 이상 뉴질랜드 총리를 지내며 최연소 총리, 총리 재직 중 아이를 낳고 6주간 출산휴가도 다녀왔으며 모유 수유를 이유로 3개월 된 딸과 함께 미국 뉴욕 유엔 총회에 참석하는 등 숱한 화제를 낳은 저신다 아던 총리. 그녀가 결국 오늘의 수많은 워킹맘들의 육아 고충과 여성으로서의 삶의 무게를 생생하게 말하고 보여주었다. 예쁘게 자란 딸의 손을 잡고 입학식에 함께 걸어가는 밝은 모습의 아던 총리를 미리 떠올려 본다. 그녀의 솔직함과 인생 2막을 응원하며 더 멋진 또 다른 인생 3막도 기대해 본다.

인생은 결혼 그 자체만으로도
이미 성공이다

창세기에 하느님은 에덴동산에서 흙으로 남자를 만들고 그의 갈비뼈 하나로 여자를 만들어 짝을 이루게 했다. 하느님은 아담이 혼자 외롭게 살지 않도록 반려자를 준 것이다. 아담과 이브는 하느님이 금지한 선악과를 따 먹고 에덴동산에서 쫓겨나 인간세상에서 자손을 번성하게 하는 최초의 인류가 되었다.

세상이 변화와 진화를 반복하고 있다. 남과 여는 아담과 이브의 원죄에서 벗어나기라도 하듯이 홀로서기를 끊임없이 시도해 왔다. 결혼이라는 제도에 맞서며 혼밥, 혼술, 혼행, 혼영 등 개인의 자유에 가치를 두는 트렌드를 추구하고 있다. 결혼을 하지 않고도 오로지 자신의 선택만으로 엄마가 된 '자발적 비혼모'가 당당하게 방송을 타도 놀라지 않는 것이 현실이다. 아기는 원하지만 결혼은 싫다는 비혼모 출산이 사회에 남기는 과제도 고심해야 한다. 비혼과 만혼이 흔한 시대가 되었다. 어느 영화 제목처럼 과연 결혼은 미친 짓인가? 결혼은 해도 되고 안 해도 되는 그저 그런 것인가?

결론적으로 말하면 그렇지 않다. 어떤 결혼이든 성공이요, 축복이다. 더 이상이 없는 숭고한 가치와 깊은 의미를 지니고 있다. 지구의 힘이 땅속 깊은 마그마에서 역동하듯 인류가 영속하는 가장 원초적이고 강력한 에너지 역시 남녀가 만나 아이를 낳고 기르며 가족을 이루어가는 출발점인 결혼에서 비롯되고 있다. 삶의 진정한 의미와 행복 역시 거기에서 샘물처럼 솟아 나오고 있다. 그것은 시대가 흐르고 문화가 바뀌고 가치관과 철학이 아무리 달라져도 변하지 않는 법칙이다. 그 오묘한 이끌림과 매력은 말과 글로 다 설명하기 어렵다. 경험하지 않고는 알 수 없다. 결국 예비 신랑 신부가 만나고 교제하고 사랑하며 결혼에 골인해 본 사람들만이 알 수 있고 볼 수 있고 느낄 수 있다.

이십여 년 동안 이 길을 걸어가고 있지만, 매일 아침 눈을 뜨면 또 누군가에게 전해주어야 할 결혼하는 비밀을 생각하면 가슴이 설렌다. 그래서 매일 성스러운 기도를 올리는 심정으로 집을 나서며 새 희망으로 가득한 예비신랑 신부들을 만난다. 물론 결혼이라는 결실을 만들어가는 과정이 기쁨 가득한 꽃길, 축복으로만 채워지는 것은 아니다. 가끔은 안타까운 사연으로 짝을 이루지 못하고, 조건을 재다가 타이밍을 놓쳐버리는 가슴 아픈 일도 있다. 인생은 길지 않다. 어쩌면 인생은 결혼 그 자체만으로도 이미 성공이다. 이제 모두가 결혼은 선택이 아니라 가장 소중한 축복으로 여기는 사회가 되었으면 좋겠다. 저마다 아이를 키우고 가족을 이루어, 골목에는 아이들 웃음소리가 끊이지 않는 따뜻하고 행복한 세상이 되면 좋겠다. 행복은 바로 결혼에서부터 시작되기 때문이다.

104세의 철학자 연세대 김형석교수는 슬하에 6남매를 두었다. 막내딸이 어느 날, 엄마가 살아계셨다면 우리 육 남매를 낳고 고생하셔서 아마도 지금쯤은 후회할 것이라고 얘기했단다.

김형석교수님은 너희 육 남매를 키우던 그 시절이 가장 힘들고 고생 많았지만 그때가 가장 행복했노라고 대답했다. "너희 어머니 역시 나와 똑같은 대답을 했을 것이다." 라고 말했다.

며칠 전, 결혼에 관한 유튜브 채널 인터뷰 중 어떤 분의 말씀이 떠오른다. 결혼을 통해 인간은 아버지와 어머니라는 거룩한 이름을 얻고 자식이라는 생애 가장 고귀한 선물을 얻는다. 결혼을 안 해본 사람은 그 마음을 알 수 없다. 인생이라는 여정, 행복도 기쁨도 고통도 혼자보다는 동반자와 함께 한다면 훨씬 더 의미가 있지 않을까! '꼭 결혼하세요. 지금이 바로 그 기회예요.'라고 한 번 더 가까이 다가가 말해주고 싶다.

종교적 딜레마

주위에 혼기가 한참 지났는데도 결혼을 하지 않는 지인이 있으면 직업상(?) 휴머니즘이 발동하여 또는 사회적 책임감에 좋은 사람을 맺어주려는 시도를 하게 된다.

지인의 지인인데 육십이 넘었는데 모태솔로인 여성이 있다. 예술인이다. 피아노를 치고 대금을 불고 가야금을 켠다. 지방 국악단에서 오래 근무하고 정년퇴직을 했다.

단 한 번도 결혼을 하지 않은 이유가 너무 궁금했다. 예술을 하는 사람이라 감수성도 풍부하고 여성스러운 외모에 사교성도 좋다. 그럼 연애는 했는지, 우리가 모르는 일반적이지 않은, 하나 요즘 흔하기도 한 동성애자는 아닌지, 참 궁금한 것이 많았는데 조심스러운 관계로 직설적으로 물어보기는 어려웠다.

　나의 지인도 그녀에 대해 속속들이 말하고 싶지 않아 해서 궁금증은 늘 따라다녔다. 얼마 전 지인과 차를 마시면서 그녀에 대해 슬쩍 물어보았다.

　"아예 결혼 자체를 등한시 하나. 예술에만 몰두하고?"

　"아니면 눈이 너무 높은 건가?"

　지인이 말하기를 일반적인 견해로 보기 어려운 그 무엇이 있다고 한다.

　그녀는 아주 어렸을 적부터 어머니를 따라 동네에 있는 절에 다녔다고 한다. 때로 어머니가 사정이 있어 절에 못 가시는 일요일에는 예닐곱 살밖에 안된 꼬마가 버스를 타고 사십 분이나 걸리는 그곳을 혼자 갈 만큼 불교에 일찌감치 심취했다고 한다.

　어른들과 함께 법회를 보고 스님들과 차를 마시고 담소를 할 때도 눈동자를 반짝이며 끼어 있었다고 한다. 청년이 되어서는 더욱더 종교생활에 충실했고 마음공부대학 등 신앙과 생활의 일치를 위해 정진을 했다고 한다.

　늦깎이로 국악단에 들어가기 전엔 대학에서 조교 생활도 하고 피아노학원도 운영하면서 나름대로 자신의 삶을 잘 꾸려갔단다. 여느 젊은 여성처럼 소개팅도 하고 맞선도 여러 번 봤고,

상대방에게 별 다른 문제도 없고, 그런대로 조건이며 인성이
며 다 괜찮은 남자였는데도 이상하게 끌리지 않더란다. 때로는
자신에게 과분한 상대가 대시를 해와 솔깃해서 몇 번 데이트를
하고 나면 마음이 절로 식어버린다는 것이다.

가족들도 걱정이 태산이고 본인 스스로도 자신의 태도에 납
득되지 않는 부분이 있어서 혼란스러웠단다. 작정하고 날을 잡
아 아무도 없는 곳에서 자신의 내면을 들여다보는 일종의 '마음
찾기'에 들어갔단다.

몇 번이라도 만났던 남자를 다 리스트에 올려놓고 왜 내가
그 사람을 마다했는지 곰곰이 자신의 마음을 들여다보았고 좋
았던 부분과 싫었던 부분을 모두 적었다고 한다.

좋았던 부분은 각 사람마다 달랐지만 싫었던 부분은 거의
모두 같았다고 한다.

'정신이 여물지 못하고 생각하는 게 미숙한 것 같다.'

'꼭 한참 아래 동생과 얘기하는 것 같다.'

결국 자신이 어느 정도 도달한 정신적 세계에 상대가 훨씬
못 미치는 게 불안했다고 한다. 그런 사람과 가정을 꾸릴 자신이
없었다고. 이런 일반적이지 못한 일련의 과정을 겪으면서 결혼
적령기도 놓치고 점점 더 혼자만의 세계에 빠졌다고 한다.

이런 고백을 듣고 지인이 흥분해서 모진 말들을 쏟아냈다고

한다. 아니, 종교가 뭔데, 종교도 사람을 위한 것이고, 사람이 있어야 종교도 있는 것이지. 세상 모든 사람이나 미물일지라도 부처 아닌 게 없다는데, 중생 하나 만나서 같이 부처가 되면 되는 것이지.

"참 잘 나셨습니다~ 혼자만 부처되고 열반하십시오~" 했다며 쓴웃음을 짓는다.

간혹 자신만의 특별한 신념이나 종교적 관점, 이념 등으로 평범한 삶에서 벗어나 의도치 않게 외로운 일생을 보내는 사람들을 보면 안타까운 마음이 드는 것은 어쩔 수가 없다. 평범한 행복의 가치도 고귀한 것인데….

중매술사

이제는 결혼이 정부나 지방자치단체에도 업무가 되고 있다. 대구 달서구청은 젊은이들의 결혼을 장려하고 지원하기 위해 전국 최초로 결혼 장려팀까지 두고 있다. 결혼을 주 업무로 하고 있는 이 부서에서는 커플매니저 양성과정과 결혼 친화 서포터스를 운영하면서 결혼 주선과 중매 교육에도 나서고 있다. 이 프로그램에 강사로 참여한 적이 있다. 주로 4~50대 이상의 주부들과 퇴직한 중년의 남성들이 많았다. 불과 몇 년 전까지만 해도 생각할 수 없는 일이다. 예전엔 결혼 중매는 '중매쟁이'의 몫이었고 시간이 지나면서 지금은 결혼정보회사가 그 역할을 주로 하고 있다. 그러나 최근 들면서는 결혼이 단순히 남녀의 만남이란 차원을 넘어 저출생과 인구감소라는 문제와 직결된다는 인식이 확산되면서 공공의 영역은 물론 사회 모든 주체의 관심사로 등장하고 있다. 이런 추세나 경향들은 TV 방송프로그램들의 변화에서도 잘 나타나고 있다. 결혼 중매를 소재로 TV프로그램을 제작 방송한다는 것은 상상하기 어려웠으나 최근 들면서는 방송사들 마다 다양한 결혼 중매 프로그램들을 신설해 선보이고 있다.

얼마 전 한 방송사 프로그램 담당 작가가 결혼 중매 프로그램인 '중매술사'를 소개하면서 전국에서 제일 중매 잘하는 사람을 섭외 중이라며 출연을 요청해 왔다. 작가의 설명은 중매를 소재로 매번 예비 신랑 신부와 결혼 매니저가 함께 나와 방송에서 실제로 중매를 한다는 것이 골자였다. 처음 들었을 때는 방송에 나와 중매를 직접 한다는 것이 과연 가능할까 하는 의문이 들었다. 특히, 프라이버시 문제도 있을 것 같고 무엇보다도 보수성이 강한 지역의 특성상 매번 방송에 출연할 회원들을 구할 수가 있을까 하는 걱정이 들어 갈등하다가 결국 방송출연을 사양했다. 그러나 그것은 기우였다. 얼마간 지나 우연히 방송을 보니 인기 MC가 진행을 맡았고 출연하는 남녀들도 많았다. 방송에 나온 예비 신랑신부들의 스펙들은 저마다 대단했다. 고액 연봉에 전문직 남성과 여성들이었다. 출연한 남녀는 먼저 배우자의 조건을 제시하고 중매를 맡은 매니저들은 저마다 추천한 회원의 장점을 어필하면서 서로 인연을 만들어 가는 과정이었다. 때로는 밀고 당기기가 이어지기도 하고 보이지 않는 자존심 대결이 미묘하게 펼쳐지는 등 스튜디오에 긴장감이 흐르기도 했다. 또 다른 방송에서는 재혼할 남녀들의 신청을 받아 특별한 장소에서 함께 활동하게 하면서 그 과정에서 서로 마음에 드는 짝을 찾아가는 과정을 방송한다. 남녀가 서로를 알아가는 과정에서 나타나는 미묘한 마음의 변화와 갈등, 태도들을 상세하게 보여줌으로써 시청자들의 흥미와 재미를 이끌어내고 있다.

예부터 중매는 '잘하면 술이 석 잔이고 못하면 뺨이 석대'라고 했다. 중매쟁이가 중매를 붙이기도 하고 떼기도 한다는 속설처럼 중매인의 역할이 그만큼 중요하다. 중매는 누군가에게 평생의 배우자를 찾아주고 또한 인연을 맺어주는 것이어서 더없이 귀하고 아름다운 일이다. 결혼을 하기 위해 찾아온 의뢰인의 여러 가지 조건이나 특성을 종합해 거기에 맞는 신랑 신붓감을 전국에 수배해서라도 맞춤형으로 인연을 찾아주는 중매인의 역할은 전설 속 '월하노인'의 마법과도 같다.

비혼과 저출생이 사회위기의 하나로 부각되고 있는 만큼 이제는 온 국민이 중매에 나선다는 각오로 뛰어야만 위기도 극복될 수 있다. 뿐만 아니라 결혼중매를 소재로 한 방송 프로그램의 잇따른 등장 역시 큰 기대를 갖게 한다. 100세 시대에 건강한 중장년들의 재혼 맞선 프로그램도 추천하고 싶다. 아쉬운 점이 있다면 스펙이 좋은 선남선녀뿐만 아니라 평범한 청춘남녀들에게도 문이 활짝 열려 있어야 한다는 점이다. 결혼 프로그램을 통해 상대적 차별이나 열등감들이 조장된다면 오히려 결혼장려에 마이너스다. 새롭게 분위기가 고조되는 결혼 중매의 시대, 비혼과 만혼풍조를 뛰어넘는 큰 흐름이 되길 기대해 본다.

진정한 결혼의 가치

알프레드 테니슨의 시 〈이노크 아든〉은 1864년에 발표한 사랑의 대서사시다. 줄거리는 영국의 어느 바닷가 작은 마을에 이노크 아든과 필립이라는 두 청년과 애니라는 처녀가 살았다. 소꿉친구로 유년기를 보낸 세 동무가 성장하여 힘센 이노크 아든과 애니가 결혼을 했다. 내성적이고 소극적인 필립은 마음속으로만 애니의 사랑을 간직했다. 어느 날, 이노크는 무역선을 타게 되고, 조난을 당하게 된다. 애니는 세 아이를 키우며 너무 힘들어 필립의 도움을 받게 되고, 필립의 청혼을 받아들이게 된다. 이노크처럼 사랑할 자신이 없다고 고백했으나, 필립은 이노크처럼 사랑하지 않아도 괜찮으니 이노크 다음으로 사랑해 달라고 한다. 죽은 줄 알았던 이노크가 10년 후 기적적으로 돌아왔다. 이노크는 자신의 아이들과 애니가 필립과 함께 행복하게 사는 모습을 보고 뒤돌아선다. 숨어서 지켜보면서 그들의 행복과 사랑을 기도하며 마침내 죽는 슬픈 엔딩이다.

세상에는 수많은 위대한 사랑이 있다. 가족과 사랑하는 이를 위해 희생하고 헌신하는 아름다운 이야기도 많다. 사랑의 진정성보다 물질과 조건이 우선이 된 현대인들에게 이노크 아든과 같은 희생적인 사랑을 요구할 수 있을까? '사랑은 쟁취하는 거야'라는 광고 카피에 익숙한 청년들은 '너무 아픈 사랑은 사랑이 아니야'라는 노래를, 이노크 아든의 사랑을 부정할지도 모른다. 또는 구시대의 유물쯤으로 치부할 수도 있겠다. 교양과 지성을 갖춘 부모들도 자식들의 혼사 앞에서는 이성을 잃고 판단의 오류를 범하기 일쑤다. 거기에다 경제적 부까지 갖추면, 상대에게 더욱 완벽한 조건을 요구하려 든다. 사돈의 학벌과 문화 수준, 경제력까지 비슷하길 바란다. 결혼의 진정한 가치기준이 퇴색되어 가는 시대다.

비슷한 연배의 모임에서는 자녀의 혼사가 줄을 이을 시기가 있다. 한 달에 서 너 건의 청첩장이 날아오기도 한다. 사위나 며느리를 잘 봤다며 크게 한턱을 내는 경우도 많다. 이때 잘 봤다는 의미를 잘 살펴봐야 한다. 세속적으로 의사 약사 교수 변호사 등 소위 '사'자 달린 사위나 며느리를 보면 모두 박수를 쳐주고 거창하게 한 턱을 쏜다. 이런 혼사의 주인공은 자녀라기보다는 부모다. 자식을 위해 희생한 세월을 보상이라도 받은 듯 의기양양하다.

자녀 혼사 시기가 몇 년 지나고 나면 또 다른 시기가 온다. 떠들썩하게 축하를 받으며 결혼을 했던 주인공들이 이혼을 하고 다시 부모의 품으로 돌아오는 경우다. 부모는 딸이 홀로 아이를 키우는 게 안쓰러워 할매 할배 육아를 떠맡는다. 육아에 지쳐 노인이 되어가는 지인들을 보면 격세지감을 느낀다.

세상의 주인공은 결혼할 두 남녀다. 부모의 경제력이 그들을 평생 지켜주는 방패막이가 되어 줄 것이라는 믿음만큼 허망한 게 있을까. 성실하고 실력 있는 청년의 미래는 안중에 없고 부모로부터 물려받을 재산에만 눈이 어두워 무조건적인 현실을 선택하는 실책을 범한다. 연봉이 적고 집이 전세라는 이유로 사랑은 하지만 결혼은 포기한다. 자식은 부모의 거울이라고 한다. 현재 세대는 기성세대의 거울이다. 요즘 세대들의 이런 결혼 형태는 부모의 탓이 크다. 진정으로 자녀의 행복을 원한다면 잠시

멈추어 생각해 볼 일이다. 그렇다고 막무가내로 '조건이 다가 아니야' 라든가 '진정한 사랑을 봐'라고 훈수 둘 수도 없다. 그러기엔 우리 모두가 물질의 그물에 너무 깊이 갇혀버린 것 같다. 답답한 마음에 정호승 시인의 '결혼에 대하여'라는 시 구절을 음미해 본다.

만남에 대하여 진정으로 기도해 온 사람과 결혼하라
가끔 나무를 껴안고 나무가 되는 사람과 결혼하라
나뭇가지들이 밤마다 별들을 향해 뻗어나가는 사실을 아는 사람과 결혼하라
고단한 별들이 잠시 쉬어가도록 가슴의 단추를 열어주는 사람과 결혼하라
사랑한다는 것은 이해한다는 것이며 결혼도 때로는 외로운 것이다

커플매니저의 역할

커플매니저는 결혼할 예비신랑신부를 상대로 상담과 매칭을 통해 결혼에 이르게 하는 전문가를 말한다. 이른바 중매쟁이 혹은 마담뚜가 사라진 오늘 남녀의 혼인을 좌지우지하는 커플매니저의 역할은 매우 중요하다. 이들은 결혼정보회사에 소속돼 일하며 일반적으로 상담역할을 하는 상담매니저와 가입된 회원의 정보를 분석하여 매칭하는 매칭 매니저가 있다. 회원들 입장에서는 노련한 스킬과 경력을 갖춘 유능한 매니저를 만나는 것은 행운이다.

상담매니저는 주로 전화상담을 하거나 찾아오는 회원과 직접 상담을 한다. 회사의 다양한 서비스나 시스템을 소개하고 안내하며 회원가입을 유도한다. 상담매니저는 상담을 통해 먼저 고객의 정보를 파악한다. 고객의 나이부터 주소지, 직업, 가족관계, 학력 등을 파악한다. 고객의 정보는 결혼정보회사 책임하에 법적 제도적 허용범위 안에서 상대방에게 제공하는 것이기 때문에 직업도 상세하게 연봉까지 구체적으로 파악한다. 배우자가 될 사람에 대한 이상형도 상담을 통해 상세히 그린다.

이러한 정보들은 회원가입신청서로 자세히 기록 작성하며 고객이 직접 열람하도록 한 뒤 최종적으로는 '사실이 틀림없음에 동의한다.'는 확약서를 받는다. 이렇게 작성한 회원가입신청서와 신상정보에 관한 필요한 서류 등은 매칭 시스템 데이터 베이스로 입력 처리되어 철저히 보관 관리된다.

이처럼 고객의 중요한 사적 정보까지 취합하고 확인해야 하기 때문에 상담매니저가 고객과 상담을 할 때는 전문가적인 특별한 주의와 관리가 요구된다. 고객의 간단하고 짧은 말을 통해서도 고객의 성격이나 인격, 성향들까지 파악해야 한다. 뿐만 아니라 고객이 원하는 배우자의 조건과 고객의 현재 상황을 모두 고려해 적정한 상대를 만날 수 있게 조율하고 도움을 주는 것도 상담매니저의 몫이다. 회원가입을 시킬 목적으로 고객이 바라는 수준으로 무조건 가능한 것처럼 동의하면 실제 매칭에서는 클레임이 발생하기 쉽다. 매니저의 역할은 회원가입이 목적이 아니라 성혼이라는 것을 명심해야 된다.

유능한 매니저는 회원을 현실에 맞게 설득할 수 있는 역량을 갖춘 사람이다. 매니저는 문제를 해결할 수 있는 능력이 있어야 되고 최신의 다양한 정보와 상식을 많이 알아야 고객과 원활하게 소통할 수 있다. 무엇보다도 매니저는 고객에게 형식이 아닌 진정성 있는 믿음과 신뢰를 주어야 한다. 상담에서 신뢰가 무너지면 더 이상 아무것도 기대할 수 없다.

상담매니저와 함께 중요한 역할을 담당하는 매칭 매니저는 결혼할 상대방과 직접 연결하는 역할을 한다. 회원의 외모, 성격. 직업, 가치관, 경제력, 취미 등을 객관적으로 분석해서 매칭한다. 이처럼 매칭 매니저의 역할은 성혼과 직접적인 관련이 있기 때문에 상담매니저만큼 매우 중요하다. 매칭 매니저는 상담매니저로부터 회원의 성향이나 이상형에 대한 내용을 상세히 파악한 뒤 직접 매칭을 진행하며 다양한 정보들은 매칭 시에 충분히 반영하게 된다.

이러한 구조로 운용되다 보니 일부 고객들은 상담매니저와 상담 후 대면한 적도 없는 매칭 매니저의 관리를 받는 경우 사람을 상품화한다는 오해를 갖기도 한다. 따라서 가능한 상담매니저와 매칭 매니저가 동석해서 함께 상담하는 것이 좋다. 매칭 매니저는 진정성 있는 태도로 솔직하게 조언 하면서 사후관리를 하는 것이 성혼으로 가는 지름길이다. 결국 매니저의 역량에 따라 결혼하는 고객들의 미래가 바뀌고 크게 달라질 수 있다. 고객들의 인생이 바뀐다.

최근에 20대 후반의 단아한 미인형인 공무원 아가씨와 30대 후반의 전문직 남성과 성혼이 되었다. 객관적으로 보면, 두 사람의 매칭은 쉽지 않았다. 나이 차이가 너무 많은 것이 첫 번째 이유였고 두 번째는 전문직 남성은 머리숱이 적은 대머리였기 때문이다. 그러나 촉이 누구보다 빠른 유능한 매칭 매니저는 두 가지 단점 외에는 장점이 많았기 때문에 매칭이 가능하다고 판단하고 먼저 두 사람이 만나도록 주선했다. 만나 대화하면 통할 수 있다고 예감한 것이다. 첫 만남에 두 사람은 서로의 이상형이라고 했다. 나이 차이나 머리숱은 문제가 되지 않았다. 여성은 '오빠가 너무 좋은 사람'이라고 했고 남성도 그때부터 늘 싱글벙글이었다. 상견례 후 바로 결혼식 날짜를 정한 행복한 커플이 됐다.

매니저의 역량에 따라 훌륭한 커플 탄생이 된다. 커플매니저는 회원과 소통을 원만히 이끌어가며 상담과 매칭의 능력을 발휘해야 한다. 커플매니저는 마법의 손이다. 마법의 손을 잘 활용하여 평생의 배우자를 찾아주어야 한다. 자신의 일에 긍지와 사명감을 갖고 일하면 정년이 없는 보람된 직업이다.

제3장

국제결혼

이역만리 넘은 러브 스토리

더 이상 쓸쓸하지 않아
Oil on canvas, 430×530

탈북 여성이 전하는
'북한의 결혼 이야기'

리스토리 TV 는 최근 '결혼 행복 채널'의 초대 손님으로 탈북 여성 최초의 1호 인문학 강사와 북한의 결혼문화에 대해 인터뷰를 하게 되었다. 그녀는 24살의 꽃다운 나이에 아버지가 과학자이고 어머니는 소아과 의사인데도 불구하고 끼니를 거를 정도로 가난해서 봄비가 내리던 날밤 두만강을 넘었다고 한다. 집안 배경도 좋았고, 대학 출신의 엘리트였지만, 90년대 북한의 경제난이 심각해지면서 배급이 중단되었다. 날마다 친구와 친구 부모님들 등 이웃들이 굶어 죽어 나가는 상황을 보고 살기 위하여 죽음을 무릅쓰고 두만강을 건넜다. 다행히 중국에서 마음 착한 주인집을 만나서 신세를 지고 살다가 지금의 남편을 만났다고 한다.

중국에서 남편은 산업연수생으로 먼저 한국에 들어왔고, 그녀도 우여곡절 끝에 한국에 들어와서 함께 정식으로 혼례를 올리고 지금까지 22년 차 부부로 살아가고 있다.

그 세월 동안 아픔과 고생도 있었고 문화의 차이, 세대 차이 등 많은 갈등과 연민과 사랑의 에피소드들이 있었다. 그중에서 가장 잊지 못할 사연은 남편이 장모님을 직접 뵈러 북한을 다녀온 일이다. 날마다 고향에 계시는 엄마가 그리워서 우는 그녀를 보다 못해 여권을 발급받고 북한에 가서 장모님을 몰래 만나기까지 했다고 한다. 명색이 장모님인데 얼굴이라도 보고 인사를 하고 오는 것이 예의라고 생각했고 그렇게 만난 장모님은 사위에게 밥 한 끼 못 해주어 마음이 아프다. 내 딸을 잘 부탁한다고 하시며 눈시울을 적셨다고 한다.

한국에서 장모가 사위는 큰 손이라며 씨암탉을 잡아 대접하는 풍속이 있는데 북한도 마찬가지라고 한다. 한국이나 북한이나 결혼문화도 비슷하고, 자식을 대하는 부모의 마음도 다를 바 없다는 생각이 든다.

현재 마흔 중후반대인 그녀는 북한에서 보수적인 가정교육을 받은 세대였다. 한국에 정착한 지 벌써 14년 차이지만 아직도 남편을 위해 끼니를 챙기고 빨래하는 것이 아내로서의 당연한 역할이라고 여기고 있다. 그녀는 남편의 밥상을 차리고 남편의 셔츠를 다림질할 때 행복하다고 한다. 그녀가 북한에서 살았던 90년대 중반까지만 해도 자유연애보다는 중매결혼이 더 선호되었다 한다. 물론 일반인들은 자유연애도 누렸지만, 엘리트계층에서는 집안끼리 정약결혼을 하거나 선을 보고 배우자를 정했다고 한다. 북한도 신분 계층에 따라 결혼문화도 차이가 있는 것으로 해석된다.

최근에 북한의 결혼문화도 많이 달라지고 있다고 한다. 배급경제가 붕괴되고 시장경제가 들어오면서, 결혼에 대한 가치관이 달라졌다. 그녀가 북한에서 살았던 90년대 중반까지만 해도 자유연애보다는 중매결혼이 더 선호되었다. 일반인들은 자유연애도 누렸지만, 명문가에서는 서로 얼굴도 안 보고 며느리 삼는 경우가 허다했다. 신분 계층에 따라 결혼문화도 차이가 있었다. 예전에는 제대군인이나 당원, 대학 졸업한 사람, 외화벌이 하는 사람이 최고의 신랑감이나 지금은 돈이 많은 남성이 최고의 조건이라 했다. 자유연애도 활발하고 연상연하 커플도 자연스럽다고 한다. 그리고 결혼하기 전에 동거도 하고 살다가 갈등이 생기면 이혼도 한다. 북한도 엄연히 삼권분립이 존재한다. 하지만, 합의이혼제도는 없고 재판이혼만 가능하다. 북한의 젊은이들도 결혼을 미루거나 출산을 꺼린다. 심지어는 혼인신고도 하지 않고 동거와 이별을 자연스럽게 하고 있다고 한다. 북한도 자본주의의 흐름에 자연스럽게 적응되어 가는 사회변화의 추세를 느낄수 있다.

그녀처럼 결혼생활을 성공적으로 사는 사람도 있지만, 결혼 전문가의 입장에서 필자는 결혼 과정이 성공적이지 못한 탈북 여성들도 종종 접한다. 대부분 그런 여성들을 보면 자본주의에 쉽게 물들어 결혼의 진정성이나 진실에 가치를 두지 않거나, 남한 남성과의 문화차이로 실패하는 사례들이었다. 그녀는 배우자의 따뜻한 마음 때문에 오래 동안 부부관계를 이어가고 있다고 한다. 그래서 학력이나 인물, 경제력도 중요하겠지만 역지사지의 입장에서 서로를 이해하고 배려하려는 따뜻한 마음이 가장 중요하다고 말한다.

앞으로의 목표를 물어보았다. 인문학 강사로서 삶이 묻어나는 자전적 소설 발간과 전공한 중국어와 러시아어로 번역서를 각각 완성하는 것이라 했다. 인문학도 다운 그녀의 따뜻한 인간미와 북한 사투리가 정겨운 하루였다.

'이민청' 설치 서둘러야

통계청에 의하면 2022년 전체혼인이 19만 2천 건으로 0.4% 감소하는 반면에 다문화 혼인 건수가 전체혼인 건수 중 차지하는 비율이 현재 9.1% 비율을 차지하고 있다. 국제결혼이 빠른 속도로 증가추세에 있다. 최근에 한동훈 전 법무부 장관이 이민정책 활성화를 위해서 출입국 이민관리청 신설에 대해 검토를 지시했다. 법무부, 고용부, 노동부, 여성가족부, 교육부가 통합되어 출입국 이민정책을 체계적으로 관리하는 것이다. 법무부에서 인구감소 대안으로 이민 활성화를 강조하고 해외의 전문 인력을 유치하고 전문직 종사자와 숙련근로자를 유입시키는 정책이다.

미국이나 캐나다 등 선진국가가 대표적인 이민국가의 성공

사례다. 대한민국은 가임기 여성 한 명이 아이를 낳을 수 있는 2023년 3분기 합계출산율이 0.7명으로 OECD(경제협력개발기구) 회원국 중 최하위권이다. 현재의 인구추세가 계속된다면 2750년에는 국가소멸의 위기가 올 것이라고 한다. 전문가들은 한국이 지구상에서 소멸되는 최초의 국가로 우려한다. 저출생 문제는 국가소멸이 걸린 문제다. 이민정책이 곧 인구정책이다. 이민에 소극적이던 이웃나라 일본이나 중국도 이민정책을 확대하고 있다. 생산인구가 급격히 줄어들고 출생률이 급격히 떨어지는 대한민국은 미래가 불안하다. 외국 인력을 도입해서 국내의 부족한 인력을 충원해야 한다. 이민의 개방화가 필요하다. 우리는 빨리 이민청을 신설하여 이민포용정책을 준비해야 한다.

특히 국제결혼 이주여성들은 대한민국 이민자의 구성원으로서 다문화가정의 한 축이다. 비혼, 만혼의 사회적 분위기는 남성들로 하여금 국제결혼으로 눈을 돌릴 수밖에 없는 현실이다. 농촌총각이나 사회적으로 열악한 남성들이 국제결혼을 한다는 건 옛날 얘기다. 한국여성들의 까다로운 눈높이에 부응하지 못하다고 생각하는 30대 초중반의 젊은 남성들도 많다 또는 40대 이상의 직업 경제력을 갖춘 능력 있는 남성들이 2세를 갖고 싶어 국제결혼을 선택하기도 한다. 국민의 배우자인 결혼이주여성은 출산은 여성의 권리와 의무로 생각하고 아이가 주는 기쁨을 선물한다. 국제결혼을 하는 남성들은 결혼하자마자 아이를 가진다. 요즘 같은 저출산 시대에 이 얼마나 귀한 일 인가?

결혼을 안 하고 출생률이 떨어져 국가가 없어진다는데 국제결혼에 대한 중개업법이나 출입국법은 여전히 까다롭기만 하다. 국제결혼의 문턱이 턱없이 높다. 신랑들의 소득기준에 대한 증빙자료가 직업에 따라 제출이 용이하지 않다. 국제결혼 한번 실패하면 이유여하를 막론하고 5년 동안 장가도 못 간다. 그리고 현지에서 신부한국입국 전에 한국어교육기간을 장기간 이수시켜서 발생하는 신랑들에게 부담되는 경제적인 문제, 현지의 신부 관리 문제 등 이 있다.

이제는 국제결혼에도 법이나 정책적으로 많은 변화가 필요하다. 외부적으로는 이민을 받아들이고 내부적으로는 국제결혼을 원하는 남성들에게 국가가 전폭적 지원을 해주어야 한다. 국제결혼은 국민의 배우자를 받아들이고 출생률을 올릴 수 있는 지름길이다. 이민은 자국민의 이익이 우선이다. 국제결혼에 관한 결혼 중개업법이나 출입국법을 이제는 완화시켜야 될 즈음이다. 아이를 낳으면 1억씩 지원해 주는 지자체도 있다. 국제 결혼하는 남성들에게 결혼비용을 지원해 주면 신부가 한국에 입국하자마자 아이를 갖는다. 국제결혼을 하는 분들은 본인들이 대부분 2세를 갖기를 원하거나 결혼을 꼭 해야 된다는 생각을 가진 사람들이 많다.

그리고 신부들이 내 집이 있어야 되거나 경제적으로 많은 것을 바라지 않는다. 국가가 개인의 재산이나 소득에 상관없이 국제결혼을 원하는 모든 예비신랑들에게 공평하게 일부만 지원해 주어도 결과는 효율적이라고 생각한다. 일부 지자체에서 지원을 하다가 여성인권단체에서 매매혼을 조장한다는 이유를 내세워 중단되었다. 법적 제도적 시스템 하에 남성과 여성의 결혼에 대한 자기 선택권과 자기 결정에 의해 이루어진 결혼을 매매혼이라 한다면 국제결혼을 해서 잘살고 있는 그들에 대한 인권모독이다. 결국은 법치주의인 국가가 매매혼을 조장한다는 논리이지 않는가? 국제결혼을 하는 한국남성과 외국여성도 한국에서 한국 사람과의 결혼과 다르지 않다 그들 인생의 소중한 선택이다.

지금은 아이를 낳는 젊은이들이 가장 애국자다. 이민청이 빨리 설치되어 국민의 이해와 공감대가 형성된 다문화정책이 추진이 되었으면 한다. 오늘날 지구촌은 국가 간에도 자유로운 인구이동과 유입이 지속되고 있다. 단일민족이나 정체성을 논하는 것은 시대에 맞지 않다. 다양한 풍속과 문화를 공유한 다인종의 사람들과 함께 어울려 살아가는 사회의 구성원으로 이민자를 대하는 높은 국민의식이 필요하다. 더불어 한국에 잘 맞는 이민정책이 이민청신설과 함께 기대된다.

10년 전과 너무나 달라진
베트남 신부들

코로나 팬데믹으로 얼어붙었던 국제결혼시장이 조금씩 활기가 찬다. 전체 국제결혼 숫자 중 최근에 가장 많은 비율을 차지하는 나라가 베트남이다. 베트남은 한국과 문화가 유사하여 대부분의 국제결혼을 하는 남성들이 많이 선호하는 나라다.

베트남은 중국의 영향을 받아 유교사상이 강하고 효를 중시하며 결혼, 장례문화가 우리나라와 비슷하다. 대가족제 중심으로 우리의 옛 문화를 보는 듯하다. 베트남 결혼은 남쪽의 호찌민시 그리고 북쪽 하노이를 중심으로 주로 이루어진다. 북쪽은 아열대성 기후로 비교적 사계절이 뚜렷한 반면에 남쪽은 열대몬순

기후로 연중 더운 날씨다.

　같은 나라지만, 북쪽과 남쪽의 신부들의 모습이나 문화도 조금씩 다르다. 남쪽에 비해 북쪽 여성들의 모습이 좀 더 한국적이다. 북부지역은 겨울이 있어서 추위를 대비해서 준비하는 습성이 있다. 중국과 인접한 지역이어서 전쟁으로 인한 긴장감이 준비하는 생활 습관을 더하게 한 듯하다. 오랜 전쟁으로 남성들이 전쟁터에서 돌아오지 못하고 있을 때는 여성들이 돈도 벌고 일을 하며 살림을 도맡기도 했다. 그래서 북쪽 사람들은 근면하고 생활력이 강한 편이다.

　남쪽은 기후 탓인지 느린 문화에 적응이 되어 있고, 낙천적이다. 1년에 삼모작을 하니 굶을 일도 없고 추위를 걱정할 필요도 없다. 그래서 '빨리빨리' 문화에 적응된 한국의 가족들과 문화충돌의 해프닝이 일어나기도 한다. 한국의 시어머니들은 때로는 베트남 며느리가 게으르다고 오해한다. 베트남 사람들도 "북부 사람들은 10을 벌면 5는 저축하고 남부 사람은 10을 벌면 10을 다 쓴다"라고 한다. 어느 쪽이 좋고 나쁘다가 아니라 기후나 풍토에 따라 다르다.

예전에 국제결혼 초창기에 남부지역의 베트남 신부가 아이 두 명을 데리고 사무실에 방문했다. "베트남은 날씨가 더워서 과일도 많고 쌀이 풍부해서 굶어 죽을 일 없어요. 한국은 돈 없으면 가스비 전기세 못 내서 겨울에 추워 얼어 죽어요" 하던 말이 기억난다.

베트남 결혼도 이제는 많이 변화했다. 농촌총각들이 결혼 못 해서 베트남 가서 결혼한다는 건 옛말이다. 시골보다도 서울 경기지역의 대도시에 베트남 결혼한 신부들이 더 많다. 베트남 여성들도 한국 남성을 바라보는 잣대가 많이 달라졌다.

통계청에 의하면, 한국인 베트남 하노이 대사관에 따르면 최근 결혼비자를 발급받는 한베커플들의 평균 교제 기간은 평균 6개월 이상인 것으로 나타났다. 배우자와의 나이 차이가 현격히 줄어 평균 나이 차이는 남녀 배우자 합해서 6~7세 정도이다. 2000년대 초반만 해도 베트남 여성들은 효녀 심청이처럼 가난 때문에 가족을 위해서 자신을 희생했다. 한국 남성의 나이 외모 학력 조건과 상관없이 베트남 보다 경제 소득이 높은 한국이란 나라에 코리안 드림을 안고 왔다.

　이제는 베트남도 10년 전에 비해 많이 달라졌다. 한국의 대기업들이 베트남에 진출하여 베트남 여성들의 일자리 창출에 기여했다. 베트남이 경제적으로 성장하면서 베트남 여성들의 사고와 의식에도 큰 변화가 온 것이다. 그녀들도 경제적인 문제보다 자신들의 삶의 질과 행복한 미래를 고민하게 되었다.

　남성을 보는 시각이나 기준도 달라졌다. 첫눈에 느낌도 와야 하고 외모도 나이 차이도 본다. 베트남 결혼을 앞둔 예비신랑들은 베트남의 어제와 오늘에 대해 공부를 해야 한다. 박근혜 대통령이 사돈의 나라라 칭하고 축구 감독 박항서가 베트남의 영

웅으로 대접받는 나라다.

한국과는 떼려야 뗄 수 없는 친밀한 나라다. 한국에서 결혼
이 힘든 농촌총각들이 장가가는 나라는 예전의 얘기다. 그녀들
도 자신의 소중한 삶과 행복 또 다른 사랑과 낭만을 찾아 한국
으로 온다. 한국의 총각들도 이제는 준비된 자만이 그녀들과 백
년가약을 맺을 수가 있다. 베트남 문화와 베트남 여성들을 잘
알고 결혼을 한다면 실패 없는 성공적인 결혼이 되리라고 생각
한다.

결혼, 농촌의 어느 젊은 자산가의 경우

무더위를 피해 오랜만에 집안에서 휴대폰을 만지작거리며 일요일 오전 휴식을 달래고 있었다. 점잖은 노신사 목소리를 한 분이 아들의 결혼상담을 위해 전화를 걸어왔다. "박사님 같으면 우리 아들의 짝을 반드시 찾아줄 것 같다"며 인터넷 검색을 통해 연락했다는 설명과 함께 자신의 얘기를 차근차근 들려줬다. 그는 서울에서 50여 년 동안 직원 백 명 이상 둔 중소기업을 경영하며 앞만 보고 달려오다가 어느 날 건강검진에서 큰 병을 발견하고는 수술을 받았다고 했다. 이후 모든 것을 정리한 후 휴양 차 고향인 S시에 내려왔고 몸이 나아지자 소일 삼아 축산업을 시작했다. 그것이 점점 규모가 커져 지금은 소만 100마리 이상 되고 지역의 유지였다. 이제는 축산경영을 아들에게 모두 넘기고 요즘은 온통 아들 결혼에 신경을 쓴다고 했다.

아들은 일류대학을 나온 회사원이었으나 아버지의 끈질긴 권유에 따라 시골로 내려왔다. 서울에서 회사에 다닐 때는 결혼을 약속한 교제 중인 아가씨도 있었다. 아들은 시골로 내려오면서 교제하던 아가씨도 당연히 시골로 올 것이라고 생각했다. 그러나 착각이었다. 수년을 교제한 아가씨는 시골 생활을 거절했다. 그녀는 서울에 있는 부모 형제를 떠나 시골에서 살 수는 없다고 했다. 결국 두 사람은 헤어졌다. 아들을 시골로 오게 한 아버지는 결혼문제 등 시골 사정에 대해 너무 몰랐다고 후회했다. 본인 때문에 아들 인생을 그르쳤다며 마음 아파했다.

그는 지역에서 유지 소리를 듣고 지내지만 아들의 결혼문제는 난감하다고 했다. 우선 시골에는 결혼 적령기 아가씨가 없고 도시에서는 결혼해서 시골에서 생활하겠다는 예비신부가 보이지 않는다는 얘기였다. 그래서 그는 아들 결혼을 위해 축산업은 관리인에게 맡기고 별도의 창업자금까지 밀어주겠다는 약속까지도 했다. 긴 시간 동안 아들의 결혼을 간절히 바라는 노신사의 얘기를 들은 뒤 조건에 부응하는 아가씨를 열심히 찾아보겠다고 하고 전화를 끊었다.

　나이가 들어 시골의 전원생활을 꿈꾸며 귀촌하는 사람이 늘고 있다. 은퇴 후 인생 2막을 꿈꾸는 사람이나 30~40대 젊은이들도 여유로운 생활과 자연환경을 즐기기 위해 농촌살기에 관심을 보이기도 한다. 특히 젊은이들 가운데는 도시의 팍팍한 삶에 회의를 느끼고 농촌에서 특산물 등을 키우며 야심 찬 미래를 꿈꾸는 이들도 더러 있다. 예전에는 먹고사는 것이 우선이었다면 현대인은 건강한 먹거리와 자기만족을 위한 삶의 질에 더 중심을 둔다. 자연 속에서 일상의 행복을 찾고 삶의 여유를 찾는 이들이 세대를 아울러 늘고 있다.

　하지만 결혼문제만큼은 아직도 거리가 있다. 수십억 대의 자산을 보유하며 특작물이나 축산업을 하는 시골의 젊은 자산가들도 결혼이라는 현실 앞에서는 길이 제대로 보이지 않는다. 대부분의 젊은 여성들은 경제력을 우선시하지만 시골생활은 선호하지 않는다. 심지어 동남아시아 여성들도 배우자 될 사람이 시골에 산다고 하면 고개를 젓기 일쑤다. 그림 같은 전원주택에 기계로 농사짓고 모든 문화시설이 잘 갖추어져 있다고 설득해도 통하지 않는다.

예전에는 농어촌이 경제적으로 낙후되고 힘든 일을 해야 하기 때문에 농촌 총각들이 장가가기가 힘들었다. 그러나 지금 농어촌은 사정이 예전과는 비교가 되지 않을 정도로 달라졌다. 그런데도 도시여성들은 여전히 농어촌은 교육·의료·문화의 사각지대에 있다고 생각한다. 모든 조건을 완벽하게 갖춘 도시 엘리트 출신 총각도 시골에 산다는 이유만으로 결혼이 만만치 않은 것이 현실이니 말이다. 능력 있는 아들이지만 시골에서 생활하기 때문에 제때 결혼을 하지 못하고 있는 아들 때문에 애간장이 타는 아버지의 심정이 백번 이해가 갔다.

도시에 인구가 집중되다 보니 당연히 결혼 예비신부들도 대부분은 도시에 살고 있다. 도시에 살면 도시의 여러 문화들은 너무나 잘 알고 익숙하지만 살아보지 못한 시골의 환경이나 문화는 생소할 수밖에 없다. 도시처녀들이 결혼으로 시골생활을 꺼리는 데는 시골이 불편하고 환경이나 조건이 안 좋아서가 아니라 시골을 잘 모르기 때문일 수도 있다. 도시와 농어촌 삶에 대한 서로의 깊은 관심과 이해, 공감들이 근본적인 해결책, 해소책인지도 모르겠다. 모르는 것과 꺼리는 것, 생소한 것과 싫은 것은 분명 다른 것이어서 구별되어야 한다. 둘을 유사한 것, 같은 것으로 착각하면 안 된다. 사랑하는 사람과 시골 어느 농어촌저 푸른 초원 위에 그림 같은 집을 짓고 행복하게 사는 것이 신혼부부들의 로망이 될 날을 기대해 본다.

결혼중개업법 개정 만시지탄

　　결혼 중개업자들을 범법자로 내몰아 전과자를 양성한다는 비판을 받아온 '결혼 중개업의 관리에 관한 법률' 중 일부 조항에 대한 개정안을 더불어 민주당 이병훈 의원(광주 동구 남구을)이 발의했다. 만시지탄의 감이 없지 않으나 국제결혼 중개업체들에겐 가뭄에 단비와 같은 소식이다. 현지 사정을 고려하지 못한 결혼 중개업법으로 인해 수많은 국제결혼중개업자들이 범법자로 몰려 전과자가 되고 행정처분을 받아서 폐업을 했다. 소위 결혼중개업자들에게는 악법으로 불리 우는 이 법을 이 병훈 의원이 업계의 고충을 충분히 수렴했다. 하루빨리 결혼 중개업법이 현실에 맞게 개정되길 바라는 마음이다.

현행 결혼중개업법은 시행령에서 이용자의 보호를 위해 국제 결혼 중개 시 결혼 중개업자에게 이용자와 상대방의 신상정보를 만남 주선 전에 미리 제공하도록 규정하고 있고, 이를 어길 경우 5년 이하 징역 또는 5천만 이하의 벌금에 처하도록 법률에 규정하고 있다.

상대방의 신상 정보란 혼인경력(미혼증명서), 건강진단서, 재직증명서, 범죄 경력 등을 말한다. 상대방의 결혼 의사 확인은커녕, 상대방의 얼굴도 보기 전에 신상정보를 해당 국가의 공증인 인증 등을 받는 등 여러 가지 복잡한 서류를 제공하도록 하는 실용성이 없는 개선되어야 하는 불합리한 법규다.

특히, 베트남의 경우에는 법령상 미혼 증명서 등을 발급받기 위해서는 결혼 상대방의 인적사항을 기재하여 발급하는데, 맞선도 보지 않은 시점에 상대방을 확정할 수 없는 상태에서 이러한 신상정보를 제공하는 것은 많은 문제가 있다. 관련 규정은 이러한 현실적인 문제들은 도외시한 채 오로지 확실한 신상정보 제공에만 초점을 맞추며 중개업자에게 미리 제공하도록 의무화해 놓고 있다. 신상 정보란 개인에게는 너무나 중요한 것이기 때문에 결혼할 의사가 확인도 되지 않은 상태에서 미리 제공하게 하는 것은 또 다른 차원에서 문제가 될 수 있다. 신상정보를 서로 교환한 뒤 결혼의사를 접을 수도 있고 다른 사람을 다시 만날 수도 있기 때문이다. 이런 경우는 미리 제공된 각자의 내밀한 신상정보가 보호받지 못하게 되는 셈이다. 또한 이용자들이 이 불합리한 법을 악용하는 사례가 늘면서 이용자가 결혼중개업체를 통해 소개받은 사람과 혼인한 뒤 본인의 귀책사유로 혼인파탄이 되었음에도 불구하고 적반하장으로 이 법을 악용하여 국제결혼 중개업체를 협박하고 금품을 갈취하는 경우도 허다하다.

이병훈 의원은 개정안에서 이러한 상황을 고려하여 신상정보의 사전제공이 현지의 행정 절차 등 특수한 상황으로 불가능할 경우, 신상정보 제공시기를 조절할 수 있도록 했다.

이제 우리도 세계화 시대에 국제결혼이 조금도 특별하지 않는 시대에 살고 있다. 그러나 2007년 시행된 결혼중개업법은 현실을 고려하지 못한 채 지금까지 이어오고 있다. 국제결혼에서 생기는 모든 책임은 어느 쪽에서도 보호받지 못하고 있는 결혼중개업자들에게만 지우고 있는 현실이다. 국제결혼 업체들은 맞선 전에 제공하도록 한 신상정보와 관련해 비현실적이고 부당하다는 주장을 당국에 끊임없이 제기해 왔다. 이용자들에게도 불편하고 전과자만 양성하는 비현실적 규정이라며 개정을 수없이 요구해 왔으나 그때마다 업체들의 요구는 공허한 메아리로만 치부되었다.

21세기는 세계화, 글로벌화, 이주의 여성화 시대다. 국민 전체 인구의 10퍼센트가 외국인으로 우리는 이미 다문화사회에 도래했다. 한국은 여성 한 명이 평생에 아이 한 명을 낳지 않는 저출산 국가다. 이제 국제결혼은 우리에게 낯설지 않다. 거시적 안목에서 국제결혼 관련 규정도 크게 정비할 때다. 각국의 사정이나 현실을 고려해 현실에 맞게 특히, 이용자들에게 이익이 되게 고쳐져야 한다. 신상정보제공과 관련한 규정 개정은 국제결혼을 꿈꾸는 선량한 이용자들과 외국 신부들의 바람이기도 하다. 동시에 우리나라와 외국 어느 쪽에서도 보호받지 못한 채 가슴앓이를 하며 영업하는 국제결혼 중개업체들의 눈물겨운 호소이다.

맞선 전 신상정보제공을 맞선 후 혼인이 확정되면 혼인신고 전으로 현실을 반영한 법 개정이 반드시 되어야 한다. 이번에 이병훈 의원의 국제결혼중개업 법률 개정안 발의는 만시지탄이지만, 쌍수를 들어 환영하며 조속한 개정을 다시 한번 강력히 촉구한다.

결혼중개업법 제10조의 2

결혼정보회사들이 국제결혼을 성사시킬 때는 관련법에 따라 업무를 진행하게 된다. 그러나 현행 결혼중개업법의 일부 불합리한 조항 때문에 결혼중개업자들이 자칫하면 범법자로 내몰릴 수도 있어 업계나 국제결혼 당사자들은 현실에 맞는 조속한 법 개정을 강력히 요구하고 있다.

문제가 되는 조항은 결혼중개업 관리에 관한 법률 제10조의 2(신상정보제공)이다. 이 조항에 따르면 국내에서 남성이 외국인 여성과 국제결혼을 희망하는 경우 중개업자는 여성의 신상정보를 미리 받아서 해당 국가 공증인의 인정을 받은 다음 남성의 신상정보와 서로 제공하도록 규정하고 있다. 여기서 신상정보는 국제결혼을 희망하는 남성과 여성의 혼인경력과 건강상태, 직업, 범죄경력 등을 말한다.

결혼 당사자들을 보호하기 위한 조치로 원칙적으로는 신상정보를 미리 제공하는 것은 지극히 당연한 것처럼 보인다. 그러나 구체적으로 들어가면 비현실적인 부분이 너무 많다. 한마디로 탁상행정의 결과라고 할 정도로 관련 내용들이 결혼중개업자들로서는 도저히 지킬 수가 없는 부분들도 있어 큰 문제다.

특히, 우리나라와 국제결혼이 가장 많이 이뤄지고 있는 베트남의 경우 신상정보 중 혼인경력을 증명하는 혼인 상황 확인서(통상 미혼 증명서로 칭함)를 받아야 하는데 현실적으로는 발급이 불가능에 가깝다. 이유는 결혼을 목적으로 발급하는 혼인 상황 확인서는 외국(한국 포함) 신랑의 영문 성명, 생년월일, 여권번호 등이 필수적으로 기재되어야 하기 때문이다.

결혼중개업자나 예비신랑의 입장에서는 맞선도 보기 전에 베트남 신부의 혼인 상황 확인서 발급을 위해 예비신랑의 인적사항을 미리 모두 제공할 수는 없기 때문이다. 결혼할 남성이 정해지지도 않은 상태에서 신부가 신랑의 인적사항을 미리 기재해야 하는 모순이 생기는 것이다.

모든 나라가 그런 것은 아닌데 우리와 유독 결혼이 많이 이뤄지는 베트남에서만 이처럼 미혼 증명서 발급이 어렵게 되어 있다. 이러한 문제 때문에 결국 국제결혼을 성사시키는 과정에서 결혼 업자들이 범법자로 내몰리고 있는 것이다.

베트남은 사돈의 나라라 칭할 정도로 우리와는 경제적으로나 외교적으로도 가까운 나라고 국제결혼도 빈번한 국가다. 국내 다문화부부 중 외국인 아내 출신국은 중국을 넘어 베트남이 가장 많다. 농어촌에 가면 다문화 가정 10명 중 4명이 베트남 아내다. 2020년 통계에 의하면 국가별 혼인건수 중에도 베트남이 전체의 28.3%로 가장 많다.

특별한 사정이 있는 베트남 정부와 우리 정부가 나서서 관련 협약을 통하여 해법을 찾는 등의 길을 모색했으면 한다.

인구는 국가 경쟁력이다. 베트남 신부들이 아이를 낳고, 생활 전선에서 함께 뛰기도 한다. 그녀들이 대한민국 국민으로서 참여하는 시너지 효과도 간과할 수 없다. 인구 대국인 중국도 시골 총각들이 결혼하기 어려워 자국 여성들의 국제결혼에 대해 불만이 많다. 코로나로 인해 국내 결혼도 줄었지만, 국제결혼은 급

감했다.

저출산 1위 국가라는 국가 비상사태의 위기를 극복하기 위해서도 국제결혼을 저해하는 제10조의 2에 대한 법 개정이 조속히 이뤄져야만 한다.

법이 국민을 보호하지 않고 이용자를 불편하게 하면 개정이되어야 함은 당연하다. 신상정보제공시기를 맞선 전에서 신랑이결정되면 맞선 후 제공하면 된다.

여성가족부의 도움과 긍정적 관심이 필요하다. 수십 차례 관련 부처나 담당공무원들에게 민원을 제기하고, 이를 안타까이여긴 일부 국회의원들이 발의를 했으나 요지부동이다. 정부는맞선 후 서류진행은 외국신부를 피해자로 몰 수 있다는 궁색한변명이 전부다. 결혼을 원하는 한국남성보다 외국신부를 더 우선시하는 여성가족부 입장이다. 이민정책은 자국민의 이익이 우선이다. 한국 내 미혼남녀들도 평균 6개월 이상 교제를 한 후 결혼 결정을 한다. 하물며 국제결혼도 맞선과정에서 충분한 교제과정을 갖고 맞선 후 신상정보제공이 이루어진다고 크게 문제될 것이 없다. 한국의 신랑서류는 미리 공증 번역이 가능하고 맞선 전에 제출가능하기 때문이다.

저출산 문제는 국가의 존폐를 좌지우지하는 국가비상사태임에도 불구하고, 베트남 국제결혼을 저해하는 잘못된 법을 개선하려는 의지가 없는 관계부처의 속 깊은 심사를 알 수가 없다. 베트남 국제결혼을 원하는 수많은 한국 남성들은 합법적인 결혼을 하기를 원한다. 이 힘든 코로나상황에 힘들어하는 국제결혼업체들이 법의 정상적인 보호아래 자부심을 가지고 해외에서도 당당하게 일할 수 있도록 신상정보 제10조의 2 법령을 개정하길 다시 한번 촉구한다.

국제 결혼한 40대 신랑의 찐 사랑

　　남녀 간의 사랑은 국경이 없다. 한 달여간 카톡으로 베트남 번역기를 돌려가면서 남자는 열심히 채팅과 페이스 톡으로 원거리 사랑을 나누었다. 그리고 그는 설레는 마음으로 일주일간의 여정으로 베트남 하노이를 향했다. 47세의 남성은 결혼생활을 10여 년 정도 했으나 아이가 없었고 이혼까지 하게 되었다. 서울에서 좋은 대학을 나온 대기업 사원이었다. 장남에 대한 손주의 바람이 큰 극성스러운 어머니의 권유로 맞선을 수없이 보았으나 기대치가 무너졌다. 이유는 출산이 가능한 한국 여성과의 나이 차이가 극복이 되지 않았다. 필자는 먼저 대구에 사시는 어머니를 만나서 베트남 국제결혼에 관한 면담 절차를 가졌다. 그 후

당사자인 예비신랑이 토요일 서울에서 내려와 커피 향이 진한 어느 한적한 카페에서 상담을 했다. 그는 미리 도착해서 커피 주문 코너에서 기다리고 있었다. 예의가 깍듯하고 훤칠했다. 신랑의 첫인상과 이미지가 괜찮아서 마음이 흡족했다.

요즘은 베트남이나 한국이나 배우자에 대한 여성들의 사고와 이상형이 별반 차이가 나지 않는다. 한국의 대기업들이 베트남에 진출하여 젊은이들의 일자리가 해결되고 베트남에도 출산율이 떨어지고 있다. 한국 남성이 나이가 많거나 재혼이면 여성들도 재혼이라야 성혼이 되는 추세다. 베트남 여성들도 남성의 외모나 능력 외에 느낌도 중시한다. 남성을 사랑할 수 있는 feel(느낌)을 가장 우선순위로 생각한다. 한국 남성이 괜찮아야 베트남 신부도 좋은 여성을 만날 수 있는 확률이 높다. 그가 만난 여성은 20대 후반의 재혼 여성이다. 한국적인 외모에 도시적이고 영리한 여성이었다. 베트남 들어가기 전에 수시로 양가 부모 형제들과 영상통화를 해 남녀는 거리감이 없었다. 한국에서 어떻게 살 것인지 아이는 몇 명을 낳을 건지 신혼의 꿈을 미리 계획했다. 첫 만남에 신부는 환한 웃음으로 한 다발의 꽃 선물을 신랑에게 안겨주었다. 그렇게 꿈같은 베트남의 신혼 일주일을 보내고 신랑은 한국에 먼저 들어왔고

신부는 비자를 받기 위해 한국어 수업에 전념했다. 신랑은 한국에 도착 후 이틀 만에 신부의 생일을 축하해 주기 위해 다음 달 베트남행 티켓을 예약했다. 나이에 상관없이 남녀의 사랑은 순수하고 해맑다. 하루라도 더 빨리 신랑을 보고 싶어 하는 나이 어린 신부의 투정과 애교는 신랑의 연애세포를 깨웠다.

15년 전의 일로 기억된다. 농촌의 노총각이 베트남 결혼을 했다. 그 당시는 핸드폰도 없었고, 신부 동네 이장집에 유일하게 다이얼식 전화가 있었다. 이장집에 부탁을 해야 신부의 목소리라도 들을 수 있었다. 신랑이 신부가 보고 싶어 상사병이 났다. 밥도 안 먹고 몸도 수척해졌다. 어느 날 사무실에 찾아와서 신부가 보고 싶어 병이 났다며 하소연을 했다. 몇 달만 기다리면 되니 일도 열심히 하고 신부를 위해 신혼집 단장도 하라고 했다. 그는 불쑥 내 손을 잡더니 "사장님 고맙습니다. 가슴에 맺힌 것이 확 내려갔어요." 하더니 씩씩하게 집으로 돌아갔다. 얼마나 그립고 보고 싶었으면 그랬을까. 사람들은 짧은 시간 안에 이루어진 국제결혼이 무슨 '찐 사랑' 이냐고들 생각할 수 있다. 남녀의 사랑은 언어와 시간의 문제가 아니다. 첫 만남의 3초 간이 일생의 가장 중요한 타이밍이다. 글로벌화 시대에 기성세대보다 젊은 세대들이 외국문화에 익숙하다. 해외에 유학생이나 기업인 등 주재원의 자격으로 외국 생활을 경험할 기회가 많다.

국제결혼도 이제는 많이 변화했다. 지구화 시대에 시간과 공간을 초월하고 세계가 공존하는 시대다. 우리는 각자 개인의 필요에 의해서 국제결혼을 한다. 개인이 행복할 수 있는 권리를 존중해야 한다.

결혼은 혼밥과 혼행의 무의미한 일상에 새로운 에너지와 사람 냄새를 풍기는 마법과도 같다. 결혼은 해가 갈수록 줄고 출산율 저하는 국가 비상사태다. 국제결혼을 하는 사람은 아이를 가지는 것을 우선적으로 생각하는 사람이 많다. 어쩌면 결혼을 해서 아이를 낳는 이들은 구국 운동을 한다고 해도 과언이 아니다.

47세에 아이를 갖고 싶어 베트남 국제결혼을 한 그는 가슴 설레는 찐 사랑을 경험하리라고는 상상도 하지 않았을 것이다. 상담 시에 표정이 다소 굳어 보였던 그의 얼굴에 많은 변화가 왔다. 환한 미소와 밝은 목소리에는 힘이 들어가 있고 이국땅에 있는 신부를 향한 가을 남자의 찐한 사랑이 느껴졌다.

국제결혼 신부
한국어교육 강화에 대해

최근에 베트남 국제결혼한 신부들의 한국어교육이 강화되면서 신부 입국 기간이 늘어나 업체나 국제결혼한 신랑들의 불만이 쏟아지고 있다.

한국법무부에서 2014년 4월부터 시행된 결혼중개업 법에는 국제결혼을 하면 외국인 신부들의 비자 요건 중에 토픽(한국어능력시험) 1급에 합격해야 비자를 받을 수 있다. 2024년 1월부터는 토픽(한국어능력시험) 시험에 합격하거나 세종 어학당에서 120시간 교육을 이수해야 되는 한국어 교육 행태가 크게 바뀌었다. 결론적으로 교육 행태가 바뀌면서 좀 전에 신부들이 한국에 입국 기간이 6개월 정도 걸렸지만 최소 한두 달 이상 더 지연될 가능성이 높다.

세종 어학당 커리큘럼은 60시간씩 두 번에 걸쳐 교육을 받는다. 시험에 떨어지면 다시 60시간 교육을 받고 시험에 합격해야 2차 공부에 임할 수 있다. 결국 우려가 되는 것은 신부 교육 기간이 늘어나면 신부 한국 입국이 늦어질 수밖에 없다. 신부가 한국어 시험에 불합격할 경우 재시험을 치게 되면 1년 이상 걸릴 수도 있다.

부부간의 의사소통을 원활하게 하고 한국생활에 잘 적응하기 위한 방법이라는 것에 대해서는 긍정적이다. 하지만 현실적으로 한국어 수업이 길어지고 신부 입국이 장기화되면서 여러가지 문제점이 노출된다. 빈대 잡으려다 초가삼간 태운다는 말이 있다.

우선 신부 입국이 장기화되면서 현지에서 신부관리 및 신부이탈이 우려된다. 젊은 청춘 남녀가 장기간 서로 떨어져 있는데 어떤 문제가 생길지 예측을 못한다. 그리고 매월 신부들에게 드는 한국어 교육비나 기숙사비, 생활비 부담 등이 신랑들에게 가

중된다. 국제결혼의 특성상 모든 경제적인 부분은 한국 신랑에게 있기 때문이다. 사실상 국가적으로도 경제적인 면에서 외화 손실이 크다.

외국인 신부들의 비자 서류가 진행될 동안 기본적인 한국어 문화 관습 등을 익히는데 3개월 정도로 가능하다. 예전과 달리 실제로 통번역 때문에 힘들어하지 않는다. 네이버 등의 통 번역 검색기를 통해 대화가 가능하다. 한국에 신부가 입국하면 한국에 적응을 잘할 수 있도록 모든 교육 시스템을 잘 활용하게 하는 것이 우선이다. 여성가족부나 법무부에서 운영하는 다문화 센터를 이용해서 한국에서 눈으로 보고 체험하는 현장 교육이 더 실효성이 있다. 언어는 이론보다 실제로 경험하며 학습하는 것이 더 빠르다.

출산율 저하는 온 국민의 중대한 관심사이나 국제결혼에 대한 정책은 여전히 현실과 역행하고 있다. 안타까운 일이다. 국제결혼은 인구정책의 한 방안이며 출산율을 올리는 지름길이다.

저출산, 비혼, 만혼이 화두가 되고 있고 젊은이들이 결혼에 관심이 없으니 이웃에서 아이 울음소리를 들을 수가 없다. 지자체나 정부에서 돈을 쏟아부으며 출산율을 유도하고 있지만 실효성이 없다. 출산율이 바닥을 치고 한국이 전 세계 1호 인구소멸 국가가 될 것이라는 미래학자들의 예견이 실감이 난다. 한국은 경제협력개발기구(OECD) 38개 회원국 중 출산율이 제일 꼴찌이고 작년 기준 합계 출산율이 0.78이다. 이대로 가면 한국은 2750년대가 되면 국가가 소멸할 위험이 있다고 한 미국의 세계적 인구학자 데이비드 콜먼 교수의 예측을 우리는 예의주시해야 한다.

국제결혼은 한국에서 결혼이 어려운 남성들의 대안이기도 하다. 여성들의 사회 진출과 의식이 변화하면서 결혼은 더 어려워졌다. 내국에서 결혼을 하려는 남성과 여성의 수요공급이 안 맞으니 남성들은 해외로 눈을 돌릴 수밖에 없는 현실이다. 결혼 적령기가 빠른 동남아시아 어린 여성과 결혼을 하니 아이를 빨리 갖게 되는 것은 당연하다.

아직은 동남아시아의 여성들은 유교문화권의 영향을 받아 결혼하면 임신과 출산을 여성으로서의 의무라고 생각하는 경향이 있다. 아이를 못 낳으면 칠거지악으로 여기던 조선시대의 관습이 한국에서는 아득한 호랑이 담배 피우던 시절의 얘기가 되었다. 다민족 다인종 시대에 우리의 인식개선도 바뀌어야 한다.

20여 년 국제결혼 일을 해온 다문화사회 전문가로서 정책적으로 제안한다. 국제결혼한 신부들의 빠른 입국을 위해서 언어교육을 한국에서 하는 것이 더 실효성이 있다. 현장에 맞는 효율적인 정책을 수렴해서 인구정책에도 도움이 되어야 한다.

또한 다문화사회의 구성원인 국제결혼한 신부들을 맞이할 준비가 필요하다. 한국에 입국하자마자 정부에서 지정한 교육기간에서 일정한 교육을 받은 신부들에게는 비자 연장이나 빠른 국적 취득의 혜택을 부여한다든지 말이다.

국제결혼을 위한 소득기준
재고해 볼 때다

국제결혼을 하려는 사람에게 일정한 소득 기준을 충족하도록 규정하고 있는 현행 국적법 기준이 현실에 맞지 않는다는 목소리가 높아지고 있다. 자영업을 하는 사람들이나 프리랜서는 물론 농어촌에서 일하는 남성들은 국적법의 소득기준을 제대로 충족하지 못하는 경우가 자주 일어나 관련 규정을 현실에 맞게 개정해야 한다는 하소연들이 잦아지고 있다. 국적법은 혼인에 의한 결혼이민 비자 발급 요건을 규정하고 있는데 여기에는 초청자의 최저 소득기준, 주거공간 확보 여부, 초청받은 배우자의 언어소통 능력 등이 포함돼 있다. 특히, 초청자의 소득기준을 따로 정하고 국세청에서 발급한 소득 금액증명원을 발급받아 이를 충족시키도록 하고 있다. 일반적으로는 과거 1년간 연간 소득이 2인 가구 기준 대략 2,073만 원 정도 이상이어야 하고 1인 가구당 524만 원 정도 기준금액이 추가된다. 2018년 1월 1일부터 시행되어 온 이 법은 그러나 여러 가지 불합리하고 비현실적인 경우가 잦아 논란이 되고 있다.

국제결혼 할 여성과 교제를 이어가며 결혼까지 약속을 했는데도 남성이 자영업을 하거나 다양한 형태의 프리랜서 등으로 활동할 경우 국세청의 증명원을 발급받지 못할 때가 잦기 때문이다. 농촌이나 어촌에서 생계형 영농이나 어업 활동에 참여하고 있는 경우도 마찬가지다. 이들은 생계 활동을 통해 정상적인 사회생활을 영위해가고 있지만 국세청에서 발급하는 소득 금액 증명원 기준에는 충족하지 못하는 경우가 허다하다. 결국 국적법의 소득기준 때문에 이들 신랑감들은 비혼과 만혼이 만연한 한국 사회에서 국내 결혼을 포기하고 국제결혼을 꿈꾸고 있지만 이마저도 난관에 부딪치고 있다. 국내는 물론 국제적으로도 결혼의 돌파구가 막힌 셈이다. 자영업이나 프리랜서, 농어촌 총각들이 재산이나 소득증빙이 어려워 결혼의 꿈을 접어야 한다는 것은 너무나 가혹한 일이다. 그뿐만 아니라 차상위 계층이나 기초수급자라고 해서 국제결혼의 꿈마저 꿀 수 없다는 것 역시 말이 되지 않는다.

물론 국제결혼의 경우 정하고 있는 소득기준의 취지에 대한 이유도 수긍은 간다. 결혼이주여성들에 대한 인권보호를 위해서 최소한 부양능력이 있는 남성이 결혼해 가정을 꾸리도록 한 장치임을 안다. 경제적 어려움으로 인한 가정파탄이나 사회적인 문제를 예방하기 위한 최소한의 장치인 동시에 대응책의 일환이기도 하다. 그래서 미국이나 영국 등 선진국들도 이미 적용한 제도이기도 하다. 그러나 우리나라는 다른 선진국들과는 상황이 다르다. 지난해 합계출산율 역대 최저 수준이다. 세계에서 유례없는 저출생과 고령화 속도가 심각하다. 정부도 심각성을 이제 제대로 인식한 듯 보인다. 얼마 전에는 윤석열 대통령이 저출산 고령 사회 위원회 전체 회의를 직접 주재하여 해결의 의지를 보이기도 했다. 저출생과 인구감소로 어려움을 겪었던 선진국의 대부분은 이미 이민을 인구증가의 동력으로 삼고 있다.

우리도 이제는 비상한 사고와 대응을 해나가야 할 시점이다. 특히, 인구 정책이나 출산 정책은 불과 몇 년 전에 생각했던 것들이 지금은 전혀 맞지 않는 이상한 것이 되기도 한다. 국적법의 소득기준 역시 지금은 수년 전의 문제의식과는 또 다른 차원으로 이해되고 해석될 수 있는 문제다.

국제결혼은 인구정책의 유력한 대안으로도 인식될 수 있다. 결혼으로 인해 인구가 증가되고 아동과 젊은 노동력 증가로 이어진다면 그것을 최우선 가치로 하는 정책이 뒤따라야 한다. 이민정책의 우선은 자국의 이익이 우선이다. 초창기의 무분별한 국제결혼도 이제는 인식이 완전히 달라진 상황이라고 볼 때 여러 가지 제도나 정책이나 규정도 거기에 맞춰져야 한다. 결혼이주 여성들의 사고나 행동도 이제는 예전과는 완전히 다른 상황이다. 예전처럼 아이만 낳고 살림만 살기를 원하지 않는다. 일하고 싶어 한다. 한국 여성처럼 아이가 크면 맞벌이해서 더 높은 삶의 질을 영위하고자 한다. 경제적으로도 경제활동에 참여하지 않고 남편에게만 의존하며 생활하려고 하지 않는다. 상황이 달라진 만큼 기준도 제도도 달라져야 한다.

이런 차원에서 본다면 국적법상의 소득기준도 과감하게 없앨 필요도 있겠다. 결혼이주여성에게 상대 남성의 신상정보와 공증된 경제력 증빙자료 등을 다양하게 제시하며 이른바 '알 권리'를 최대한 충족시켜 주는 상황에서 스스로 선택하게 하는 것이다. 그 정도로 과감한 조치를 통해 국제결혼의 문호를 활짝 열

필요가 있다고 본다. 결혼은 개인의 선택이며 행복 추구도 정당한 권리다. 꿈과 낭만이 있는 젊은이들이 규제나 제도에 의해 돈이 없으면 사랑도 결혼도 포기해야 되는 현실이 안타깝다.

국제결혼, 저출생 위기 대안 되나

　최근 들어 다시 증가하고 있는 국제결혼이 저출생 위기 극복을 위한 유력한 대안의 하나가 될 수 있다는 기대가 커지고 있다. 국제결혼을 통해 배우자가 입국, 국적을 취득함으로써 인구 증가 효과가 있는 것은 물론 젊은 신부들이 많아 부부 사이의 출생아 수가 비교적 많다는 특징이 있기 때문이다. 저출생 위기가 심각한 국가적 현안이 되면서 이러한 여러 가지 측면에서 국제결혼이 갖는 의미가 재해석되고 있는 요즘이다.

　통계청에 따르면 지난해 우리나라 전체 혼인 건수는 19만 4천 건으로 나타났다. 3년째 20만 건에 못 미치는 상황이지만 흥미로운 사실은 국제결혼이 늘어나면서 2022년에 비해 혼인 건수가 1%(1967명) 포인트가 증가했다는 사실이다. 전체 혼인 건수에서 국제결혼이 차지하는 비율이 10% 정도까지 늘어나 이제 10쌍 중 1쌍이 국제결혼인 셈이다. 20여 년 동안 국제결혼 업무를 진행해 오면서 주변의 많은 다문화 가정을 보면 평균적으로 대부분 자녀를 2명 정도 두고 있다. 한국에 온 외국인 여성들은 젊기 때문에 자녀는 거의 2명 이상이다.

통계청은 최근 우리나라 여성 한 명이 평생 낳을 수 있는 합계출산율이 지난해 4분기 때는 0.65까지 감소했다고 밝혔다. 한국 여성의 합계출산율이 0.6~0.7에 비하면 국제결혼한 여성의 출산율은 이보다 더 높은 편이다. 지난해 국제결혼 혼인건수는 약 2만 쌍, 국내 결혼은 18만 쌍 정도이다. 국제결혼한 여성이 평균 2명의 자녀를 둔다면 이들의 전체 자녀수는 4만 명이 될 것으로 추산된다. 이에 비해 내국인 여성의 자녀 수는 현재의 낮은 합계출산율을 감안해 추산해 보면 11~12만 명에 불과할 것으로 전망된다. 외국인 신부와 국내 신부의 출산율은 현재를 기준으로 추산해 보면 엄청난 차이이다. 출생률 저감으로 저출생이 국가적 심각한 위기상황에서 국제결혼으로 인한 인구증가 효과에 주목하는 이유가 바로 여기에 있다.

더욱이 국제결혼은 이제 연령은 물론 직업을 따지지 않고 거의 일반화되는 경향을 보이고 있어 기대가 더 커지고 있다. 지난달에는 40대 초반의 예의 바르고 훈남인 전문의가 우리 회사 주선으로 20대 베트남 예쁜 신부를 맞아 결혼했다. 연봉 2억의 페이 닥터인 그는 부모님과 함께 휴무일 사무실에 찾아왔다. 10여 년 동안 국내에서 맞선을 봤지만 이상형을 만나지 못했다고 했다. 한 번은 부모님의 권유에 못 이겨 부잣집 딸과 결혼약속을 했지만, 시댁을 무시하는 여성의 교양 없는 잇따른 행동에 화가 나서 파혼을 했다고 털어놨다. 그 이후로부터 그는 차라리 국제결혼을 통해 배우자를 맞아야겠다고 결심하고 사무실을 노크했다는 얘기였다.

그는 나이 어리고 건강한 착한 여성을 만나서 아기를 갖기를 원했다. 아이를 두고 가족을 이뤄 수수하고 소박한 일상을 영위하는 것이 삶의 행복이라는 가치관을 갖고 있었다. 부모님도 처음엔 반대했지만, 아들의 인생을 존중한다고 했다. 긴장과 함께 반신반의하며 베트남으로 향했던 그는 20대 초반의 단아하고 속 깊은 베트남 신부를 맞이하고부터는 바로 얼굴 가득 웃음꽃이 활짝 피었다. 지금까지 느껴보지 못한 편안하고 안락한 마음과 행복감을 느낀다고 말했다.

국제결혼에 대한 외국인 여성들의 결혼관이나 문화도 많이 달라졌다. 10여 년 전만 해도 효녀심청이 같은 동남아시아의 가난한 한 나라에서 온 여성들이 대부분이었다. 요즘은 여성들은 돈보다도 보다 나은 자신의 삶을 찾는다. 국제결혼이 농촌총각이나 3D 직종의 어려운 환경에 있는 남성들의 전유물이었던 시대는 예전의 일이다. 최근에는 고학력의 조건을 갖추고 있으면서 혼기를 놓친 남성들도 자주 찾는다. 우리 사회의 국제결혼에 대한 인식이 예전과는 비교가 되지 않을 정도로 획기적으로 달라진 것도 이런 추세에 큰 몫을 하고 있다.

딩크족이나 욜로족을 선호하는 젊은이의 트렌드가 저출생을 부추기기도 하지만 젊은이들 가운데는 이제 결혼의 필요성이나 가치에 대한 새로운 이해나 접근도 많이 생겨나고 있다. 물질적인 풍요가 주는 기쁨은 잠시지만, 어린아이가 주는 기쁨과 가족의 사랑은 그 무엇으로 바꿀 수 없는 큰 가치요 더 없는 행복이라는 인식의 발견이다.

결혼에 대한 새로운 인식의 전환과 국제결혼의 증가를 통해 어쩌면 우리는 지금 당면하고 있는 저출생에 따른 심각한 위기 국면을 벗어날 수 있을지도 모른다. 국제결혼과 함께 적극적인 이민정책까지 곁들여지면 더 쉽게 위기를 극복해 낼 수도 있을 것이다. 서구 유럽에서는 이민을 수용하고 다양한 가족문화를 사회가 잘 받아들임으로써 저출생 위기를 넘어가고 있다. 수십 조를 쏟아부어도 저출생 극복을 위한 대안을 제대로 모색하지 못하는 오늘의 현실에서 정부는 국제결혼 활성화를 저출생 위기극복 대안의 하나로써 적극 검토해 나갈 필요가 있겠다. 차제에 국제결혼 활성화를 위한 법적 제도적 개선 및 보완책도 적극 마련할 때다.

다문화 고부열전

"지구가 멸망해도 바퀴벌레와 고부간의 갈등은 사라지지 않는다."라는 우스갯소리가 있다. 동서양 고금을 막론하고 아들을 사이에 둔 시어머니와 며느리의 갈등은 예외가 없다. 요즘은 장서갈등이라 해서 장모와 사위 간의 갈등도 만만치 않다. 얼마 전에 베트남 신부와 결혼한 신랑이 하소연을 했다. 신부가 임신하자, 장인 장모도 손자를 돌봐주기 위해 한국에 초청비자로 들어왔다. 신부의 언니인 처형들도 한국인 신랑과 결혼해서 세 자매가 모두 한국에 살고 있다. 막내인 철없는 아내는 사사건건 친정 식구들과 상의했다. 육아부터 일상생활 모든 것이 베트남 문화를 따라가게 되었고, 처가의 간섭이 심해졌다. 남편과 아내의 갈등은 장서 간의 갈등으로 확대되었고, 가슴앓이를 하던 남편이 처가 식구들의 방식을 수용하면서 갈등이 진정되었다.

오랜만에 EBS에서 방영하는 다문화 고부열전을 봤다. 역지 사지로 며느리와 시어머니의 입장을 잘 표현한 프로그램이다. 몇 년 전에 EBS 작가로부터 다문화 고부열전 출연자 추천을 해달 라는 요청을 받은 적이 있다. 시어머니와 한집에 사는 가족들을 대상으로 조사해 보니 의외로 갈등보다 서로 이해하고 배려하며 사는 가족들이 많았다. 국제결혼 초창기에는 서로 익숙하지 않 은 문화와 다름에 대한 차이가 실제로 크게 느껴져서 문제도 많 았다. 요즘은 정보의 홍수와 정부단체 각 기관의 다문화 감성 교 육 등으로 인해 다문화에 대한 인식이 많이 개선되었다.

남남이 만나서 가정을 이루고 사는데 갈등이 생기는 것은 당 연하다. 더군다나 살아온 환경이 확연히 다른 외국인과의 결혼 이니 말할 나위가 없다. 서로 다름을 인정하고 배려하고 소통하 는 것이 갈등을 해소하는 지름길이건대, 개인의 노력에 더해서 사회 구성원들의 인식전환과 정부의 체계적인 개입으로 효율적 인 다문화 가정의 안정화를 꾀해야 할 것이다. 베트남식 육아 방 식을 받아들이기 어렵겠지만, 엄마가 베트남 사람이니까 서로

옳고 그름을 주장하지 말고 인정을 해주는 편이 갈등을 해소하는 방법일 수도 있다. 그들이 새로운 문화에 적응할 때까지 서두르지 말고 기다림이 필요하다.

방송에서 가끔은 과장된 설정으로 눈살을 찌푸리게 하는 장면도 있지만, 잔잔한 감동이 따뜻하게 스며들 때가 많다. 치킨집을 운영하는 남편을 도우려는 베트남 신부의 손놀림이 예사롭지 않다. 남편은 육아를 하면서 자신을 도우는 아내를 고마워한다. 하지만, 짠순이 시어머니의 아들도 어머니의 검소함이 몸에 배어 잔소리꾼이다. 수돗물도 적게 틀고 전기도 아끼고, 보일러 불도 아끼라 한다. 독립된 삶에 불안을 느낀 남편은 시댁과의 합가를 제의했고, 시어머니가 개입되면서 고부간에 작은 갈등이 일어난다. 시어머니는 평생을 남편과 청소부로 일하면서 짠순이라는 별명을 달고 서울의 강남땅에 자리 잡았다. 제주도 여행 한번 못하고 비행기 한번 못 타보았다. 코로나로 해외를 못 가니 방송국에서 며느리와 함께 시어머니 고향에 여행을 보내드렸다. 시어머니는 눈물을 글썽이며 어린아이처럼 며느리와의 여행을 좋아했다. 고부간에 평소에 못다 한 속내를 털었다. 젊은 날에 끼니를 걸러 가면서 고생 끝에 가난을 극복한 시어머니의 얘기를 듣고 며느리도 시어머니의 입장을 이해했다. 자신도 가난 때문에 부모형제를 떠나 먼 나라에 와서 사니 공감이 되었다. 착한 며느리와 이해심 많은 시어머니였다. 분가하기 전에, 시어머니는 베트남 며느리가 시아버지 앞에서 잠옷 바람으로 거실에 왔다 갔다 해서 놀랐다고 했다. 잠옷을 겉옷처럼 홈웨어인 양 입고 다니는 그들만의 문화를 이해하기까지는 시간이 걸렸다. 아버지와 맞담배를 피워도 흠이 되지 않는 것이 베트남 문화다.

다문화 고부열전이라는 프로그램의 특성상 외국인 며느리와 시어머니의 심각한 갈등을 묘사한 내용이 대부분이다. 냇가의 모난 돌멩이가 오랜 시간 비바람에 스쳐 반짝이는 몽돌이 되듯이 다문화 고부간의 갈등도 시간이 흐르면서 예전과는 다른 풍경이 된다. 서로의 모난 귀퉁이를 쓰다듬고 안아주면서 동글동글하고 예쁜 가족으로 성숙되어 간다. 고부간의 여행을 통해 서로를 이해하는 '다문화 고부열전'이 사회에 아름다운 공존의 미덕을 행하는 프로그램이기를 바란다. 이제는 "다문화 고부열전'의 시대가 끝나고 '다문화 고부사랑'으로 제목을 바꾸어보면 어떨까.

다양한 직업 층에서의 국제결혼 시대

우리도 이제는 국제결혼 시대를 맞고 있다. 최근 우리나라 전체 결혼 건수를 보면 국제결혼이 전체의 10% 정도를 차지한다. 주변에서도 자녀나 친인척, 친구들 중에서 국제결혼한 부부를 쉽게 발견할 정도로 국제결혼 건수가 늘고 있다. 그만큼 국제결혼에 대한 일반의 인식 또한 이전과는 비교가 되지 않을 정도로 변했다.

국제결혼 하면 이전에는 흔히 배우자를 구하지 못한 농촌 총각과 베트남 등 동남아 국가들의 가난한 나이 어린 신부들을 떠올리지만 지금은 예비 신랑 신부 자체가 예전과는 완전히 다른 모습이다. 동남아시아도 경제적으로 성장하면서 신부들의 남성관도 이전과는 크게 달라졌다. 가난을 면하기만 하면 된다는 식의 이전의 결혼관은 옛말이 된 지 오래다. 지금은 경제적 문제도 중요하지만 그것보다는 신랑 될 사람의 됨됨이, 결혼생활에서 자아의 실현 등에 초점을 맞춘다. 국제결혼을 선택하는 국내 예비 신랑들의 배우자 선택기준 역시 판이하게 달라졌다. 배우자가 될 여성의 인격과 개인적 매력 등을 우선 기준으로 한다.

이러한 분위기와 함께 최근에는 다양한 직업과 계층에서 국제결혼을 원하며 결혼정보회사를 노크한다. 대기업 직원은 물론 공무원, 공기업 직원, 교사, 의사에 이르기까지 국제결혼을 더 선호한다. 이들의 결혼은 재혼보다는 초혼이 훨씬 더 많다.

이처럼 국제결혼에 대한 인식이 크게 달라진 것은 국제결혼을 위한 법적 제도적 절차와 조건이 매우 철저해진 것도 큰 원인이다. 우리나라는 물론 동남아 상대 국가들의 국제결혼에 관한 법적 제도적 절차는 매우 까다롭다. 국제결혼을 원하는 남성의 경우 지금은 자신의 경제력을 입증하는 소득증명원과 재직증명서까지 제출해야 한다. 행정기관에서 발급하는 혼인관계증명은 물론 건강상태에 대한 증빙, 심지어 범죄경력증명서까지 사전에 상대방 신부에게 제공해야 한다. 신부도 신랑이 될 사람에게 관련 증명서를 미리 제출해야 한다. 이 과정에서는 양국의 대사관이나 영사관 등이 직접 관여하고 개입하며 보증을 한다. 이처럼 철저한 법적 절차적 과정을 거치기 때문에 국제결혼을 원하는 남성들의 직업의 다양성이나 수준이 갈수록 높아지고 있고 여성들도 마찬가지로 환경이나 조건이 좋아지고 있다.

어느 날 사무실로 찾아온 키도 크고 인물도 훤칠한 30대 중반의 공무원 A 씨는 국내 신부보다는 베트남 신부와의 결혼을 적극적으로 선택했다. 또래 동료들보다 늦게 입사해 연봉도 적고 홀어머니를 모시고 살면서 경제적으로도 넉넉한 편이 아닌 그는 몇 번 여성들과 선을 봤지만 모두 퇴짜를 맞았다고 했다. 경제적 이유가 늘 원인이었다. 결혼 조건을 따지는 한국 여성들에 불만과 피로감을 느꼈다는 그는 차라리 나이 어리고 똑똑한 베트남 여성을 만나 같이 한마음으로 열심히 살면서 일어서는 것이 훨씬 낫겠다는 생각으로 국제결혼에 골인한 것이다.

두 달 전쯤에는 40대 초반의 의사도 베트남신부와 결혼했다. 연봉이 2억이 넘는 그는 초혼이었다. 그도 역시 부잣집 신붓감과 몇 번 선을 봤지만 결혼이 너무나 조건으로 인한 만남으로 전개되고 사람보다는 돈이 우선시되는 영혼 없는 풍조에 환멸을 느껴 더 이상 선을 보지 않았다고 했다. 그는 사무실에 상담을 하면서 "결혼은 돈과 하는 것이 아니라 사람과 해야 하는 것 아닙니까? 모든 것을 돈과 조건에 결부시키는 결혼은 안 봐도 결코 행복해질 수가 없는 겁니다!" 하면서 어느 순간부터 차라리 순수한 마음의 외국인 신부와 결혼하는 것이 낫겠다는 생각이 들었다고 털어놨다. 그는 코스모스처럼 해맑고 착한 얼굴을 한 20대 중반의 예쁜 베트남 신부를 만나 너무나 기뻐했다. 싱글벙글하던 그의 얼굴을 생각하면 저절로 웃음이 나온다.

국제결혼에 대한 인식이 달라지면서 국제결혼이 크게 늘어나고 있고 국제결혼을 원하는 신랑들의 직업이나 수준도 다양해졌다. 이른바 잘 나가는 엘리트 남성들의 국제결혼도 이제 예사로운 일이 되고 있다. 이처럼 다양한 직업과 계층에서 늘어나고 있는 국제결혼은 국가 간의 우호증진과 국익이라는 관점에서도 매우 긍정적이다. 국제결혼시대에 거는 기대가 커진다.

베트남 신부와 결혼한
어느 신랑의 반가운 전화

코로나 펜더믹으로 인해 사람들이 우울하다. 예전엔 회원 등록하면 맞선을 자주 보여 달라고 보채는 회원들이 많았다. 근데 지금은 맞선을 미루거나 보류하는 회원들이 부지기수다. '하늘을 봐야 별을 딴다'고 국내 담당 매니저들이 사람들을 많이 만나봐야 된다고 오히려 설득한다. 이유가 코로나 탓이다. 예쁜 모습으로 맞선을 봐야 하는데 마스크로 인해 화장도 얼룩지고, 낯선 사람 만나서 차 마시고 밥 먹기도 조심스럽다. 비대면 시대고 사람과의 접촉이 적다 보니 청춘 남녀들의 연애 시장도 좁을 수밖에 없다. 결혼을 미루고 안 하니 출산율은 곤두박질치고 산부인과와 소아과는 인기 없는 직종이 되었다.

이 와중에 기쁜 소식이 전해졌다. 15년 전에 베트남 신부와 결혼한 작은 도시에 사는 신랑의 전화다. 그의 아내 베트남 신부는 유달리 남편의 애간장을 녹이고 주변 사람들을 힘들게 했던 신부라 기억이 났다. 부모형제랑 생이별하고 낯선 이국땅에 왔으니 어린 신부의 마음도 이해는 한다. 하지만, 다른 신부들에 비해서 유달리 긴 시간을 적응을 못했다. 거의 일 년 동안 남편과 잠자리도 거부하고 말도 안 하고 자기만의 세계에 갇혀 집에서 은둔을 했다. 신랑은 사무실에 자주 와서 답답한 마음을 하소연했다. 신부의 기분을 맞추기 위해서 쇼핑도 하고 맛집을 찾아다니면서 신랑은 신부의 마음이 돌아올 때까지 기다렸다. 통역을 통해 신부의 마음을 알아보니 남편은 착한 사람이라 했다 그런저런 시간이 꽤 흘렀을 즈음, 신부의 임신 소식이 들렸다. 적응을 잘하고 있다는 얘기를 들으며 그녀에 대해 잠시 잊고 있었다.

아주 오랜만에 그로부터 반가운 전화를 받았다.

부부가 너무 재미있게 알콩달콩 잘 사니 주변에서 신부의 베트남 지인들을 소개해달라는 사람들이 많았다. 국제결혼은 서류도 복잡하고 국가 간의 비자 문제도 까다로우니 자신이 결혼한 믿을만한 회사를 소개해 주겠다고 했다 하며 전화한 이유를 설명했다. 그의 목소리엔 힘이 실렸고 삶의 의욕이 가득 찼다. 큰아이가 중학생인 두 아이의 의젓한 아빠가 되어 있었다. 그는 30여 분 동안 지난 세월을 얘기했다. 부부는 같은 회사에 근무했다. 회사에서 부부는 성실하고 열심히 일하는 중요한 존재였다.

　신부는 한국 국적도 취득했고, 아는 스님이 좋은 이름을 지어주셔서 한국 이름으로 개명도 했다. 베트남 처갓집에도 농토와 집을 사드리고 처갓집 부모님에게 매월 용돈도 보내드린다 한다. 신랑 부모님이랑 똑같이 처갓집에도 용돈을 드린다며 양부모님에게 다 잘해 드리고 싶다 했다. 주말이면 신부랑 산에 가서 고사리랑 취나물 등 산나물을 채취해서 올린 부수입도 짭짤하다고 한다. 주변 사람들이 어쩌면 그렇게 재미있게 사느냐며 부러워했다. 오늘은 신부가 고사리 넣고 쇠고기 국을 끓였다며 한국 요리도 잘한다며 자랑했다. 그는 사장님께서 좋은 인연 맺어주셔서 감사하다는 말까지 잊지 않았다.

　국제결혼이 다문화 사회의 근간이 되고 농촌총각들의 결혼의 돌파구가 되었다. 한국 사회에 결혼이주여성들의 참여는 새로운 사회에 대한 동남아시아 여성들의 꿈을 실현시킬 수 있는 공간이다. 그들은 베트남과 한국이라는 시간적, 공간적, 문화적 차이에서 오는 경험하지 못한 새로운 세계에 대한 문화 이방인이다. 초창기 결혼이주여성들은 대부분 가난이라는 경제적 이유로 인해 결혼을 택했다. 하지만, 이제는 그들도 보다 나은 자신의 삶을 찾기 위한 선택을 한다. 한국 사회의 비혼, 만혼, 저출산 문제는 심각하다. 고학력과 전문직 여성의 증가, 도시생활을 선호하고 농어촌을 기피하며 독신 여성들의 증가로 인해 국제결혼은 한국 사회에 불가피하다. 그녀들은 변화하는 한국 사회에 중요한 위치를 차지하고 있다. 문화의 다양성과 정체성에 대해 혼란을 느끼는 것은 지극히 당연하다. 문화적 갈등과 문화충돌로 주류문화에 편승하지 못한 안타까운 이주여성들도 있다. 신부의 마음이 돌아올 때까지 기다려주고 이해해서 국제결혼에 성공한 신랑처럼 우리도 그녀들이 이 사회에 잘 적응할 수 있도록 기다려주는 자세가 필요하다. 결혼이주여성들도 한국 사회의 구성원으로서 보편적인 우리 이웃이기 때문이다.

어느 다문화 가족의 베트남 신부 맞이

　국제결혼 상담을 위해 멀리 B시에서 부모님이 20대 후반으로 보이는 청년과 함께 사무실을 찾았다. 얼핏 보기에도 청년의 부모님은 나이가 어림잡아 서로 열 살 이상은 차이가 나 보였다. 청년은 착하고 모범생처럼 보이는 얼굴을 하고 있었다. 청년이 결혼하기에는 아무래도 어려 보여 부모님에게 결혼을 서두르는 연유부터 물었다. "실은 저희도 다문화가족입니다." 피부가 유난히 뽀얗고 표정이 밝은 청년의 어머니가 얘기를 이어나갔다. 그녀는 조선족 여성이었다. 90년대 중반에 재혼인 현재의 남편을 만나 남매를 낳았고 그 아들은 청년이 되어 결혼적령기가 되었다.

경제력이 없는 남편을 만나서 온갖 고생 끝에 지금은 자그마한 상가도 있고 남들이 부러워할 정도로 돈도 모았다. B시에서 가족 3명이 횟집을 운영하고 있는데 장사가 잘된다고 했다. 아들이 예쁜 신부를 만나면 상가건물에 젊은이들이 선호하는 카페를 차려줄 생각이라는 설명까지 덧붙였다. 그녀는 고생하는 부모 아래에서 삶의 지혜와 살아가는 방법을 일찍 터득한 아들이 대견스럽고 그래서 하루라도 빨리 짝을 찾아줘 독립시킬 계획이라고 했다. 부모님은 이구동성으로 많은 생각들을 했지만 역시 베트남 여성이 신붓감으로 가장 적격이라는 판단을 하게 됐다고 했다. B시에도 많은 결혼정보회사들이 있지만 멀리 대구까지 찾았다는 설명도 곁들였다.

청년의 어머니가 결혼할 때는 중국에서 많은 조선족 여성들이 한국남성들과 결혼을 했다. 당시 한국남성과 결혼하는 여성들 가운데는 결혼이 돈을 벌기 위한 수단이 되기도 했다. 그녀 자신도 솔직히 그런 욕구가 더 크게 작용해 결혼했다고 고백했다. 그러나 결혼을 하고 보니 남편이 너무 착해 30년 가까이 정말 열심히 일하며 살아왔다고 지난날을 회상했다. 그녀는 남편을 믿었기 때문에 일하면서 번 돈은 모두 남편에게 줬고 남편이 잘 관리해 지금의 재산을 모았다고도 했다. 먼 이국땅에 부모 형제 없이 남편과 가족만이 유일한 자신의 버팀목이고 신뢰와 사랑이 금전보다 소중한 가치라는 것을 알고 일심동체로 오직 열심히 일했다고 했다. 옆에서 듣고 있는 남편은 겸연쩍은 미소를 지으며 아내를 만난 것은 행운이며 복이라 했다. 두 사람이 열심히 살아온 지난날의 얘기들을 듣고 있으니 너무나 아름답고 소중하게 느껴졌다.

다문화가족이어서 국제결혼에 대한 여러 가지는 너무나 잘 이해하고 있었기 때문에 특별히 설명할 필요가 없었다. 베트남으로 출국하는 날은 청년과 함께 부모님도 예비 신랑 일행들과 동행했다. 청년만큼 부모님도 맞선에 대한 기대감으로 상기됐다. 맞선 자리에 나온 청년과 예비 베트남 신부 그리고 두 부모님은 깜짝 놀라는 모습이었다. 베트남 신부가 예비 시어머니와 너무나 닮은 모습이었기 때문이다. 이런 경우를 두고 천연배필이라는 말은 하는지도 모르겠다. 그들은 자연스럽게 마음이 통했고 가족처럼 스스럼없이 대했다. 동행하는 일행들도 너도 나도 마치 예전부터 서로 알고 지낸 사람들처럼 보인다는 얘기들을 하면서 미리부터 축하를 보내기도 했다.

누구보다도 청년의 어머니는 동병상련의 마음으로 신부를

더 지극하게 대했다. 신부의 손을 꼭 잡으며 손에 차고 있던 자신의 금팔찌를 그 자리에서 풀어 신부의 손목에 채워주기도 했다. 맞선 자리에 나온 예비 사돈에게도 착하고 예쁜 딸을 주셔서 고맙다면서 눈에 띄지 않게 봉투에 돈을 따로 넣어 감사와 정성을 표하기도 했다.

청년의 아버지는 베트남으로 출국할 때 일을 많이 해 지문이 없어 특별수속을 받기도 했다. 지문이 닳도록 고생을 해서 번 돈을 며느리를 보게 된데 대한 감사하는 마음으로 일행들에게 연신 음료나 음식을 사는 것을 보면서 가슴이 먹먹해지기도 했다. 두 부모님은 예비 사돈에게 딸의 이국땅에서의 생활에 대해서는 어떤 걱정도 하지 말라며 몇 번이고 안심을 시키기도 했다. 다문화 가족으로 살아오면서 누구보다도 그들은 편견이나 어려움들을 많이 겪었고 잘 알기 때문에 며느리에게는 결코 그런 일이 생기지 않도록 하겠다는 자신들을 향한 각오와 다짐처럼 들리기도 했다.

국제결혼에 대한 편견이나 인식은 이제 많이 달라졌다. 외국인 신부들도 경제적인 이유만으로 결혼하지 않기 때문에 눈이 높다. 이대로 가면 한국의 남성들이 앞으로 국제결혼마저도 쉽지 않은 상황이 올지도 모른다. 다문화사회 전문가로서 결혼전 문가로서 국제결혼에 대한 일반의 인식전환은 물론 법적, 제도 적 측면의 획기적인 재정비와 전환이 반드시 이뤄져야 한다고 강조한다. 국제결혼은 오늘날 우리가 당면하는 저출생과 인구 감소라는 심각한 국가적 위기상황을 극복하고 해결하는 중요한 돌파구의 하나기 때문이다. 우리는 10년 20년 전의 사고와 대응 으로 이대로 멈춰 서 있으면 안 된다. 1세대 다문화가족이 2세 대 다문화가족을 열어가는 시대가 되었다.

"세상을 살다 보니 이런 행복한 날도 있네요. 베트남 며느리 행복하게 해 줄 겁니다. 사장님 B시에 오시면 맛있는 음식 꼭 대 접하고 싶습니다." 감사 전화에다 감사 문자까지 또 보내주신 부 모님께 세상 최고로 행복한 다문화가족 되길 축복하고 응원한다.

인터넷 공간을 달군 '베트남론'

　요즘 인터넷 공간에서는 '베트남론'이 논쟁이 되고 있다. '베트남론'은 일종의 신조어로 한국 여성들이 나이가 들어도 눈이 높고 결혼할 생각도 없으니 베트남의 나이 어리고 착한 여성들과 결혼하는 것이 낫다는 요지의 말이다. 주로 2~30대의 남성들이 인터넷 공간에서 이를 두고 공방을 주고받으며 논쟁이 되고 있다. 베트남 여성이 더 좋아서라기보다 한국 여성과의 결혼이 어려운 현상을 우회적으로 말한 것이다. 이러한 '베트남론'을 통해 비혼과 만혼의 사회적 분위기가 만연한 한국 사회에서 남성들의 결혼에 대한 시각과 가치관의 변화를 감지하게 된다.

지난달에는 자주 '베트남론'을 얘기하던 30대 중반 남성이 베트남 신부와 결혼을 했다. 그는 전문대를 졸업하고 기술직으로 연봉 사천 이상에 본인 집을 소유하고 있다. 외모도 좋고 성격도 똑 부러지는 성실한 총각이다. 그는 국내 결혼정보 회사에 회원 등록을 하고 몇 번이나 맞선을 봤지만 번번이 실패하자 고민 끝에 베트남 신부와 결혼을 결정했다. 그는 국제결혼도 예전과 같지 않다는 사실을 잘 알고 있었다. 베트남 아가씨들도 한국 여성처럼 남성의 조건도 보고 나이 차이가 많은 것을 원하지 않는다는 것도 알고 있었다. 국제결혼도 나이가 젊을 때 일찍 하는 것이 유리하다는 판단을 한 것이다. 베트남 현지에 그의 프로필을 보내고 이상형에 가까운 신부를 추천했다. 나이도 젊고 외모도 출중한 한국 남성의 프로필에 프러포즈하는 베트남 신부도 품격 있고 산소같이 순수한 여성이었다.

첫 만남에 두 사람은 필이 통했다. 신부는 23세의 성격이 밝고 한국 여성 같은 단아한 이미지였다. 고등학교를 졸업한 뒤 일본에서 요양병원의 간호사로 3년을 근무한 경력이 있는 생활력이 강하고 예의 바른 신부였다. 그녀는 간호사로서 노인들의 돌봄 일을 했다고 하니 물어볼 것도 없이 품성도 좋아 보였다. 깐깐하고 신중한 그도 사진보다 신부의 실제 모습이 훨씬 좋다며 만나자마자 싱글벙글이었다. 신부도 일본어로 한국 남성이 마음에 든다며 성사가 되도록 잘 주선해 달라는 부탁까지 해왔다. 신랑신부는 베트남에서 며칠을 지내면서 서로 강한 신뢰를 느끼며 급속하게 가까워졌고 매우 행복해했다.

흔히들 짧은 시간의 만남에 이루어진 국제결혼 커플들을 보고 사랑에 대한 진정성에 의문을 갖기도 한다. 그러나 남녀 간의 느낌은 한순간에 통하기도 한다. 물론 다 그런 건 아니지만, 인연이라는 것은 그들만이 아는 눈빛 교환과 마음으로 바로 전해지기도 한다. 그래서 하룻밤에 만리장성을 쌓는다고 하지 않는가. 착한 베트남 신부를 맞은 그는 성공적인 케이스지만, '베트남론'을 환상적으로만 볼일은 아니다. 베트남 여성들이 나이가 어리니 세상에 대한 경험치가 적고 좀 더 순수할 수는 있다. 국제결혼은 문화, 언어, 환경 등에서 오는 다름에 대한 인식을 배제할 수 없다. 상대 나라에 대한 많은 공부와 이 해외 배려가 무엇보다 필요하다. 글로벌 시대에 정보 통신의 발달로 신부들은 베트남에서 한국의 구석구석까지 다 볼 수 있고 한국 문화나 양식도 미리 습득한다.

이젠 그녀들도 10년 전의 베트남 신부가 아니다. 베트남이 변화하고 그녀들도 의식이 깨이기 시작한 것이다. 못 사는 나라에서 효녀 심청 이처럼 가장의 역할로 한국에 시집오는 신부들이 대부분이라고 아직도 오해하는 분들도 많다. 돼지 100마리에 큰집과 호수가 있는 신부 집을 다녀온 신랑은 한국의 자기 집보다 신부 집이 더 부유한 것처럼 보였다고 했다. 다 그런 건 아니겠지만, 베트남 신부들도 더 나은 자신의 삶을 위해 본인을 선택한 거 같다며 자신을 향한 신부의 마음이 진심으로 느껴진다 했다. 그는 결혼에 대한 한국 여성들의 눈높이가 부담스러워 국제결혼을 택했지만 잘한 선택이었다고 말했다.

세계화 시대에 국민의 배우자의 국적이 중요하지 않다. 결혼의 신성한 의미는 가치 있다. 저출생과 비혼으로 인구가 급격히 감소하고 전 세계적으로 인구 절벽의 위기를 맞고 있다. 비록 '베트남론'이라는 담론의 프레임을 논하지 않더라도 국제결혼이 또 다른 인구정책의 해결책이 될 수 있다. 지난해 한국의 합계출산율 0.78은 대한민국이 경제협력개발기구(OECD) 중 최하위다. 지방 소멸로 인해서 이웃이 사라지고 국가가 사라진다. 국제결혼에 대한 생각이 '베트남론'이라는 신조어를 통해 젊은 청년들의 담론이 될 정도로 변화되었다. 인구정책의 한 방편으로 국제결혼에 대해 좀 더 관심을 가질 때이다.

Passion of love
Oil on canvas, 530×430

제4장

재혼황혼

—

갈수록 더하는 진한 사랑

더 이상 쓸쓸하지 않아
Oil on canvas, 430×530

남자와 여자, 사랑의 방식이 다르다

60대 중반의 중년여배우의 재혼에 항간의 관심이 쏠렸다.

100세 시대에 황혼이혼 재혼 등이 증가하면서 재혼에 대한 인식이 긍정적으로 바뀌었다.

그런 사회적 변화 탓인지 두 사람의 재혼 발표 소식에 응원의 메시지를 보내는 누리꾼들이 많았다. 만난 지 8일 만에 S 씨는 연하의 남편에게 프러포즈를 받았고 두 달 만에 혼인신고를 했다. 짧은 시간에 결혼을 결정한 두 사람을 걱정 반, 부러움 반으로 지켜보는 이들이 많았다. 여배우의 경제력, 외모, 사회적 위치 등이 4살의 연상의 나이에도 불구하고 매력으로 어필되었는지도 모른다. 자기 관리를 잘 한 능력 있는 여성들의 연상 연하 커플이 유행처럼 대세이기도 하다.

　시청자들은 최근에 '동치미'라는 프로에서 두 사람의 뉴질랜드 신혼여행 영상을 보고 작은 충격에 휩싸였다. 방송 특유의 흥미 위주의 편집일 수도 있지만 시청자들이 느끼는 체감온도는 비슷하다. 아직 신혼 8개월 차의 신혼부부들의 대화 내용이나 행동에서 두 사람은 너무 많이 다르다는 것을 느낀다. 모든 것이 계획적인 성격의 여자와 즉흥적으로 행동하는 자유로운 영혼의 남자는 서로 사소한 것에 부딪치고 짜증을 낸다. 남자는 사람과 술을 좋아하고, 여자는 오직 자신만을 사랑하고 바라보기를 원한다. 처음 프러포즈 할 때의 다정한 말투나 눈빛은 시간이 흐를수록 잊혀간다. 여행지에서 혼자 트레킹을 즐기며 앞서가는 남자를 종종걸음으로 뒤에서 따라가는 여자의 모습을 보는 시청자들은 속상했다. 자기중심적이고 배려심 없는 남자의 행동에 결국 여자는 좀 더 자신을 사랑하고 따뜻하게 대해 달라며 울먹인다. "당신은 왜 나하고 결혼했지?" "당신이 원하는 행복한 삶은 무엇이지?"라고 되묻는다.

　결국 시청자를 애태우게 하던 두 사람의 갈등이 마지막 방송에서는 해피엔딩으로 끝났지만 뒷담화가 무성하다. 남자가 여자를 사랑하지 않고 돈 보고 결혼했다 등등의 속물적인 얘기들이 대부분이다. 흔히들 조건 없이 이유 없이 그 사람을 좋아하는 것을 '찐 사랑'이라고 표현한다.

그 남자는 그 집에 들어와서 생활비와 공과금을 부담하기로 했다. 남자는 관리비를 아낀다고 보일러 불을 끄고 여자를 추위에 떨게 했다. 여자의 몸을 툭툭 치며 평소에 난방을 과하게 사용해서 몸이 탄력 없다고 빈정대었다. 이 방송을 본 여성 시청자들은 아연 실색했다. 돈 많고 능력 있는 예쁜 여배우가 연하의 별로 가진 것 없는 남자에게 구박당하는 걸로 보였다. 결혼 전문가로서 두 사람의 갈등이 안타깝기 그지없다. 100세 시대에 아름다운 중년의 커플이 우리 사회의 롤 모델이기를 바라는 마음이 간절했기 때문이다.

재혼은 전 배우자나 자식들의 관계뿐 아니라 서로 상처가 있는 사람들의 결합이라서 무엇보다 더 신중해야 된다. 전 배우자의 유책 사항이나 이혼 사유에 대해서도 민감하다. 상대의 장점과 단점마저도 포용을 해야 실패 없는 결혼생활을 할 수 있다. 더군다나 경제적인 문제는 같이 함께해서 벌은 공동의 자산이 아니라서 결혼 전에 서로가 잘 협의하는 것이 좋다. 가장 중요하게 생각해야 될 것은 배우자에 대해서 모든 것을 다 주어도 아깝지 않을 사랑의 확신이 있어야 한다. 충분한 연애 기간을 가져 보고 함께 살아야 할 이유가 있을 때 재혼해야 한다. 만남은 쉬울 수도 있지만, 이별은 더 힘들다. 법적으로 부부가 되면 여러 가지 복잡한 문제로 헤어지기도 쉽지 않고 상처는 배가 된다. 행복한 결혼생활을 하기 위해서는 서로에 대한 희생과 배려가 필요하다. 어느 한쪽만 일방적으로 희생하고 배려해서는 안 된다. 사랑하는 사람들은 아픔도 기쁨도 같이 나누어야 한다.

너무나 성향이 다른 두 사람이 살아가기에는 서로에 대한 많은 이해와 양보가 필요하다. 빨간색과 노란색이 만나면 주황색이 되듯이 서로 성향이 다른 남녀도 세월이 가면 같은 색깔로 물든다. 그들도 이 위기를 잘 극복하여 세간의 화제가 된 방송을 추억처럼 담담히 얘기할 수 있는 날이 오면 좋겠다. 남자와 여자의 사랑의 방식이 다르다. 서로 다른 환경과 문화의 차이를 인정하고 이해하고 같은 공감대를 만들어 가는 것이 중요하다. 처음의 배우자도 정말 서로가 사랑했더라면 함께 어떤 어려움도 극복하고 이별 없이 살 수 있지 않았을까? 다 주어도 아깝지 않은 이유 없는 무조건적인 사랑이 아니면 재혼은 고민해 볼 일이다. 재혼이야말로 조건적인 만남이 아니고 사랑이 우선이 되어야 하지 않을까?

대화를 그리워하는 사람들

급변하는 산업화 시대에 외로운 현대인들이 많아지고 있다는 사실이 참 아이러니하다.

군중 속의 고독이다. 인간들은 익명의 세계인 SNS에서 모르는 사람들로부터 지지나 위로를 받고 팔로우 숫자를 확인하며 안도한다. 외로움을 잊기 위해 취미생활이나 쇼핑을 하고 때로는 먹방을 즐긴다. 특정가수의 덕후(한 분야에 미칠 정도로 빠진 사람을 의미하는 일본 말 '오타쿠(御宅)'의 한국식 발음 '오덕후'의 줄임말)가 되어 새로운 인맥을 형성하며 그곳에서 외로움을 해소하기도 한다. 외로움을 달래기 위해 뭔가로 계속 채우고자 애쓴다. 채우면 채울수록 공허와 부족함을 느낀다. 소셜 네트워크와 다양한 인간관계를 만들려고 노력하지만 마음은 여전히 허하다.

60대 후반의 여성이 전화 상담을 했다. 사십여 년을 혼자 살다가 왜 늦은 나이에 배우자를 찾는지 궁금했다. 나이와 경제력, 이혼과 사별 여부, 자녀 양육 등에 대해 구체적으로 물어보았다. 마지막에 학력을 물었더니 "이 나이에 그까짓 학력이 필요하나요? 적당한 대학 나왔어요. 건강하고 성실하고 대화가 통하면 되지요. 그리고 나는 상대방에게 의지할 일도 없고 생활비도 서로 반반씩 부담하고 맛난 거나 먹고 여행이나 같이 갈 수 있으면 돼요. 크게 바라는 거 없어요."라고 대답했다.

그녀는 서울에서 중고등학교 교장으로 근무하다가 명예퇴직한 엘리트 여성이었다. 퇴직 후 경북에서도 경치가 좋기로 유명한 M 읍으로 여행 왔다가 풍광과 분위기에 반해서 서울의 값비싼 아파트를 팔고 땅을 사서 귀농했다. 결혼생활 1년 반 만에 어떤 사연으로 딸아이 하나 낳고 이혼을 했다 한다. 딸은 할머니 손에 길러지고 모녀간에 지금까지 내왕이 없다 한다. 자연친화적인 시골의 삶이 좋았지만 외로움 때문에 동반자가 필요했다. 친구들이 없냐고 했더니 그녀가 마을에서 두 번째로 어리다고 했다. 다들 팔순이 넘은 노인들이라 진정한 대화가 되지 않았다. "형님 오늘 날씨가 왜 이리 궂어요? 점심은 뭐 잡수셨어요?"
이런 일상적인 대화만 나눌 수 있었다. 사람이 없어 외로운 것이
아니라 진심으로 대화할 수 있는 사람이 필요했다. 거의 한 시간
동안 그녀의 이야기를 들어주었다. "이 선생님과 이렇게 대화만
해도 속이 뻥 터졌어요. 남자친구가 없으면 여자친구라도 뜻이
맞는 친구가 있어서 노후를 외롭지 않게 보냈으면 좋겠어요." 그
녀와의 대화 속에 짙은 외로움이 구석구석 묻어났다.

현대인은 외롭다. 젊은이들도 마찬가지다. 애완견을 자식처
럼 동반자처럼 사랑한다. 그녀에게도 TV 시청이 유일한 외로움
을 극복하는 출구였다. 심지어 TV 속의 인물들과 대화를 주고
받는 솔로들도 있다. 일본에서의 경우도 히키모리 즉 은둔형 외
톨이의 문제로 정부가 고심을 하고 있다. 그들은 고독과 외로움
때문에 사회문제를 일으킨다. 한국사회도 은둔형 외톨이들이
증가 추세라 하니 걱정이다.

사십 대 초반의 초등학교 여교사는 솔직히 혼자 사는 게 불
편한 건 없지만 그녀 역시 외롭다고 했다. 내성적인 성격의 그녀
는 학교와 집만 왔다 갔다 하는 무미건조한 일상에 익숙해 있었
다. 명절 때는 부모님이나 친척들의 눈을 피해 혼자 영화관에 가
거나 사우나에서 시간을 보냈다. 눈높이를 낮추더라도 올해가

가기 전에 남자 친구를 만나길 원했다. 어쩌면 결혼과 연애가 외로움에서 도피하기 위한 수단으로 보였다.

　외로움을 해결하기 위한 방법으로 결혼을 선택하는 것은 위험한 발상이다. 진정으로 누군가를 사랑할 준비가 되어있는지 자신을 돌아봐야 한다. 인간관계는 일방적인 통행이 될 수 없다. 결혼하면 상대가 나를 위해 헌신하고 나만 바라보고 내가 원하는 것을 다해준다고 생각하면 착각이다. 상대방의 생각이나 태도를 객관적으로 바라보고 이해하는 공감능력이 내게 있는지 점검해봐야 한다. 그것이 부족하다고 판단되면 공감능력을 높이기 위해 부단히 노력해야 한다. 외로움을 달래기 위해서 결혼을 생각하면 그것은 이기적이다. 심지어 미래의 인간은 외로움 때문에 로봇과도 자연스럽게 결혼한다고 미래학자들은 말한다.

　타이완의 유명한 소설가이면서 시인인 장 쉰은 이렇게 말한다. '인간은 소통의 부재에서 고독이 시작된다. 언어가 소통의 힘을 갖추지 못했을 때, 언어는 그저 소리에 지나지 않는다.'
　사람은 사회적 동물이다. 로봇과 마음을 주고받을 수 없다. 함께 대화하고 함께 밥 먹고 함께 걸어갈 그 누군가의 존재는 서로에게 건강한 삶의 에너지다. 대화가 그리운 사람들끼리 만나서 마음을 공유하고 진실의 소리를 전달할 수 있는 동반자가 있는 삶이 필요하다.

이 가을엔 수많은 솔로들이 서로 외로움을 달래주고 사랑할 수 있는 좋은 인연을 만나서 축복받는 결혼을 했으면 좋겠다.

마지막 연인

　'20대에는 서로 좋아 신이 나서 살고, 30대에는 서로 실망하며 살고, 40대에는 서로 체념하며 살고, 50대에는 서로 가여워서 살고, 60대에는 서로 없어서는 안 돼서 살고, 70대에는 서로 고마워서 산다.'라는 말이 있다. 아흔이 넘은 부모님의 일생을 옆에서 지켜보면서 이제는 서로 측은지심으로 사시는 게 아닌가 하는 생각이 든다. 젊은 날에 부모님이 다투시던 기억이 난다. 교직에 계셨던 아버지는 술을 좋아하시고 사람을 좋아하셨다. 가끔씩 늦은 밤에 동료들과 함께 불시 방문을 해서 술상을 차리게 해 엄마를 당혹스럽게 했다. 다음날, 부부싸움으로 집안 분위기는 냉랭했고, 우리 사 남매는 부모님 눈치 보기에 바빴다.

아버지는 미안함을 보상이라도 하듯 일주일은 제시간에 퇴근하셨다. '부부싸움은 칼로 물 베기라 했던가.' 아버지의 밥상에는 흰쌀밥에 계란찜과 생선구이 한 마리가 올랐다. 때로는 금슬 좋은 부부로, 때로는 금방이라도 사달이 날 듯한 부부싸움으로 우리를 불안하게 했던 부모님의 젊은 날이었다.

두 분은 서로의 가치관이나 사고가 많이 달랐다. 아버지는 낙천적이고, 이상적이셨다. TV에서 불쌍한 아이를 보면, 전화해서 후원도 하시고, 이웃에 형편이 어려운 노인이 있으면 돼지고기라도 몇 근 사서 건네주신다. 엄마는 부모님에게 물려받은 재산 없이 교직자의 아내로 근검절약하며 자식 넷을 대학까지 보내셨다. 생활력이 강하고 검소함이 몸에 배셨다. 어릴 때 엄마 따라 시장에 가면 몇 푼 되지도 않는 야채 가격까지 흥정을 하시곤 해서 쥐구멍이라도 찾고 싶었다. 엄마가 현실적이고 알뜰형이라면, 아버지는 이상적이고 경제관념이 약했다. 음식의 취향도 두 분이 너무 다르다. 엄마는 기름기 없는 담백한 살코기를 좋아하신다. 반면에 아버지는 지방질이 있는 육류를 좋아하신다. 생선도 어두육미라 하시면서 대가리와 꼬리 부분을 드신다. 아버지는 엄마에게 고기나 생선의 맛난 부분을 모른다며 혀를 차신다. 어느덧 세월이 흘러 백발이 된 부모님은 서로를 아끼며 챙기시기에 바쁘다. 노년의 부부는 눈빛만 봐도 서로의 마음을 헤아린다. 언제부터인가 엄마의 잔소리가 사라지고 아버지의 엄마에 대한 불평이 사라졌다.

얼마 전에 평소에 서로 존중하며 지내던 지인과 제주도 여행을 가게 되었다. 서로 바쁘게 사회생활을 하던 터라 가벼운 마음으로 떠났다. 자연 속에서 힐링하고 맛난 거 먹고 예쁜 카페에서 여자들끼리 편하게 수다나 떨고 올 계획이었다. 현지에서 모든 것을 조달하는 것이 평소 나의 여행 스타일이었다. 일정을 조율하느라 계산을 해보니 점심식사 시간이 맞지 않아 군고구마와 떡, 간단한 과일을 챙겼다. 상대를 배려한답시고 안 하던 짓을 궁상맞게 한 것이다. 한 끼만 영양가 있는 음식을 제대로 챙겨 먹고 조식과 석식을 대체로 간단히 해결하는 나의 식습관 탓도 있다. 아뿔싸, 그녀는 삼시 세끼를 제때에 챙겨 먹는 스타일이었고, 간식을 좋아하지 않았다. 간식을 식사 대신 준비한 나를 보는 그녀의 눈빛이 흔들렸다. 당황했다. 버킷리스트로 매월 여행을 가기 위해 홈쇼핑에서 저렴한 호캉스 티켓을 대량으로 구입한 것이 또 실수였다. 2박 3일의 일정이라 호텔에서 머무는 시간이 짧아서 숙박은 청결만 하면 된다는 생각이 또 서로 달랐다. 그녀는 오랜만의 여행이라 최상의 멋진 여행을 기대했으리라. 가격 대비 호텔이 노후가 되어서 실망을 한 것이다. 미리 숙박에 대한 인포메이션을 그녀에게 준 여행이었지만, 아무 생각 없이 떠난 것이었다.

결국 남은 하루 일정의 호텔을 바꾸고, 소주 한잔하면서 속내를 털며 알아가는 시간이었다. 첫날은 내 스케줄대로, 다음날은 그녀가 원하는 대로 일정을 잡았다. 같은 또래의 여성이지만, 음식 취향도 생각도 서로 달랐다. 새로운 경험과 다양한 생각을 우리는 이해하고 서로 인정했다. 참 아름다운 경험이었고, 상대를 배려하는 시간들의 소중함이었다. 서로에게 많은 교훈을 주는 여행이었다. 서로 다름을 인정하고 배려하는 것이 쉬운 일은 아니다. 삶의 내공에서 터득하는 지혜와 넓은 가슴에서 우러나오는 아량이 있어야 가능하다.

하물며 칠십 년을 같이 지낸 부부는 얼마나 많이 서로 다름을 인정하고 이해하며 여기까지 왔을까. 며칠 전, 아버지의 말씀에 가슴이 먹먹했다. "요즘 엄마가 자주 아프고 해서 내가 위기의식을 느껴, 너희 엄마가 먼저 가면 어떻게 살까." 그렇게 담대했던 아버지의 의연한 자태는 사라지고, 백발이 성성한 구순 노인이 눈시울을 붉히는 모습에 나도 눈시울이 뜨거워졌다. 우리 부모님은 이제 일생의 마지막 연인으로 서로의 눈이 되고 날개

가 되는 전설의 새 아름다운 비익조 인지도 모른다. 가을이 더 깊어가기 전에 부모님을 모시고 제주도로 멋진 호캉스 여행을 계획해본다.

쇼윈도 부부들

큰 거울 앞에 예쁜 드레스를 입고 활짝 웃고 있는 백화점의
마네킹을 볼 때마다 쇼윈도 부부란 단어가 떠오른다. 아직 이혼
정리가 안된 40대 중반의 여성이 재혼 상담을 하기 위해 사무실
에 방문했다. "우리는 쇼윈도 부부예요. 초등학생인 아들 때문
에 어쩔 수 없이 아이가 성장할 때까지 남편과 함께 살 수밖에
없어요." 그녀의 입에서 나온 첫말이다. 그녀는 마음이 복잡하고
우울해서 결혼정보 회사를 방문했다고 했다. 이유는 남편의 무
능이나 경제력도 아니고 성격이 안 맞는다고 했다.

이혼이 예고된 가짜 부부의 삶을 사는 사람들이다. 인기 있

는 연예인이나 정치인들이 자신을 포장하고 잉꼬부부처럼 위장하며 살다가 결국 참다못해 파경 선언을 하는 경우를 가끔 본다. 일반인들도 요즘은 남들 앞에서나 아이들 앞에선 정상적인 부부역할을 하고 집에 돌아오면 각 방을 사용하며 독립적 생활을 하는 경우가 더러 있다.

이 부부는 주말이면 아이를 데리고 놀이 기구도 태워주고 외식도 한다. 아내가 직장 생활을 하니 경제적인 부분은 각자 해결하고 생활비도 반반씩 공동 부담한다. 아이의 교육비나 아이에게 들어가는 금전적인 부분만 남편이 해결한다고 했다. 신기하게도 서로에 대한 원망도 미움도 없었다. 살아보니 서로 성격이 너무 맞지 않아서 이혼을 할 수밖에 없는 상황이지만, 다만 아이에게 상처 주지 않기 위해 이혼만 미룬 상태였다. 자녀 양육과 경제적 이유, 남의 시선 등 여러 가지 이유로 한집에 살고 있을 뿐, 부부관계는 물론 서로에 대한 관심과 애정도 없었다. 이런 부부는 사실 무늬만 부부지 내용은 별거나 다름이 없다. 아이를 위해선 부부가 최선을 다하기로 서로 약속했다 한다.

여성 회원 중에 이런 경우도 있다. 남편이 수차례 바람을 피워 결국은 이혼했지만, 아이들과 사이가 멀어졌다고 했다. 그녀는 어린아이들에게 상처를 주지 않기 위해 아이들이나 주변 사람들에게 쇼윈도 부부로 행세를 했다. 아이들 앞에서 싸움도 하지 않았고 남편의 외도도 알리지 않았다. 아이들에겐 경제적으로 능력 있고 자상한 아빠였다. 이혼 후 그녀에게 돌아온 건 아이들의 원망이었다. 엄마가 아빠의 작은 실수를 용서해 주지 않고 이혼으로 몰고 갔으니 엄마가 잘못이라는 결론이었다. 그녀는 억울했다. 그래도 아이들의 아빠고 부부간의 문제로 생각한 그녀는 남편의 잘못을 감추었는데 후회했다. 아이들은 엄마의 고통을 이해하지 못했다.

예전엔 검은 머리 파뿌리 될 때까지 힘들어도 참고 인내하며 자식을 위해서라도 평생을 함께하는 것을 미덕으로 여겼다. 일본에서는 한때 일본의 중년 여성들의 졸혼이 유행처럼 번진 시기가 있었다. 취미와 가치관이 다른 부부가 서로 간섭하지 않고 각자의 라이프 스타일을 존중해 주며 아이와 가족을 위해서 법적으로 이혼만 하지 않는 별거 상태의 상황을 인정하는 것이다. 우리나라도 최근에는 참고 살다가 자식이 성장하여 결혼을 하거나 독립을 하면 졸혼하는 부부들이 늘어나고 있다. 하지만 아직 어린아이들이 있는 젊은 세대의 부부들이 형식적인 삶을 산다는 건 참 안타까운 일이다. 과연 자식을 위해서라는 명분 아래 쇼윈도 부부로 사는 것이 바람직한가.

 아이를 위해서 자신의 인생을 희생하면서 사는 것이 옳은지 자식을 둔 부모 입장에선 딜레마다. 고민해 볼 필요가 있다. 아이도 언젠가는 독립적인 인격의 주체로 살아가야 한다. 애정과 친밀도가 없는 쇼윈도 부부 밑에서 자란 아이가 과연 성숙한 성인으로 자랄 수 있을까?

 자식에게 부모는 거울이고 삶의 모델이다. 아이에게도 느낌이 있다. 부부간의 사랑이 없는 가정에서 자란 아이가 후일 어른이 되었을 때 건강한 가정을 영위할 수 있을지 우려된다.

　사람들은 100세 시대가 되면서 제도나 관습에 얽매어 자신의 인생을 마음이 맞지 않는 배우자와 불행과 고통의 삶을 살려고 하지 않는다. 서로 함께해야 할 이유를 잃어버린 사람들이 자식이나 체면을 의식해서 쇼윈도 부부로 사는 건 서로를 위해서 바람직하지 않다. 진정으로 자식과 자신의 인생을 생각한다면, 현실을 솔직하게 인정하고 새로운 삶을 당당하게 개척해 나가야 할 것이다.

실버세대 연애 트렌드

　20여 년을 남녀의 짝을 맺어주는 결혼중개업을 하다 보니 결혼의 트렌드 변화를 누구보다 먼저 피부로 느끼게 된다. 그중의 하나가 바로 실버세대의 연애와 재혼이다. 옛날에는 50대를 중년, 60대 이상을 노년이라고 했지만 요즘은 만 60~75세까지를 신 중년이라고 부른다. 100세 시대가 되면서 실버세대인 이른바 신 중년의 연애와 재혼이 눈에 띄게 늘어나고 있다. 결혼이라고 하면 으레 젊은 미혼남녀만 생각하지만 이제는 상황이 크게 달라지고 있다. 신 중년들의 결혼 상담이나 문의도 요즘 들어서는 부쩍 늘어나고 있는 추세다.

얼마 전 상담을 통해 짝을 만난 60대 두 회원은 요즘 애틋하고 아름다운 사랑을 한창 꽃 피우고 있다. 남성은 서울서 모 대학의 명예교수이고 여성은 대구에서 학원을 운영하는 원장님이다. 주말마다 남자분이 대구까지 와서 데이트를 즐기는 중이다. 남자 분은 올 때마다 여성에게 꽃다발을 한 아름씩 선물해 둘의 사랑이 꽃처럼 아름답다. 여성은 전 남편에게 평생 꽃 한번 받은 적이 없었다며 자신을 존중해 주는 남성분에게 고마워하며 새 삶을 사는 중이다.

며칠 전에는 75세의 젠틀한 형부의 재혼을 위해 처제 되는 여성이 상담을 요청해오기도 했다. 처제의 권유에 따라 70대의 이 남성은 몇 살 아래 여성을 만나 막 데이트를 시작했다. 처제는 "언니 부부가 너무나 금슬이 너무 좋았는데 언니가 건강 때문에 갑자기 세상을 떠나는 바람에 형부가 너무 힘들어 보여 동반자를 만나게 해주고 싶었다."라고 했다. 그녀는 또 "형부가 새 사람을 만나 남은 인생을 잘 사는 걸 언니도 바랄 것"이라고 덧붙이기도 했다.

이처럼 신 중년의 적극적인 삶이 확산되면서 결혼과 재혼에 대한 인식도 예전과는 확연하게 달라지고 있다. 남은 인생을 허비할 것이 아니라 의미 있고 행복하고 아름답게 채우려는 신중 년의 인식 변화가 새로운 트렌드를 만들고 있다. 통계청에 따르 면 10년 전에 비해 황혼이혼도 두 배 이상이나 늘었다. 재혼이나 황혼의 로맨스를 위한 동반자를 만나기 위해 결혼상담소 문을 두드리는 선 중년도 줄을 잇고 있다. 노년을 인생의 정리 기간으 로 생각하는 것이 아니라 귀하고 아름답게 채워가야 할 시간으 로 여기는 이들이 많기 때문이다.

연애와 사랑이 젊은이들의 특권이라고 생각하는 것은 오해 요, 편견이다. 노년의 사랑도 순수하기 그지없고 온정과 열정도 그대로다. 외로움과 무기력을 방치하는 것은 삶을 방치하는 것 이나 다름없다. 자신을 무시하는 것이기도 하다.

저마다의 건강하고 행복한 노년은 사회도 튼튼하고 건강하 게 만든다. 가족들도 함께 행복하고 건강해진다. 신 중년의 당당 하고도 힘찬 제2의 인생이 곧 건강하고 행복한 노년을 가능하게 한다. 선 중년도 멋지게 사랑하고 외로움을 달래며 살아야 한다. 신 중년들의 남은 시간은 더 귀하고 아깝다. 반려견은 심심할까 봐 반려견 유치원도 보내고 정기적으로 병원에 데리고 가 예방 주사도 맞힌다. 죽으면 묘비도 세우고 수목장으로 안치하는 등 사람보다 더 대접을 받는 세상이라고들 말한다.

　신 중년도 세상의 주인공이다. 솔로가 된 신 중년이 무엇이 두려워 남의 눈치를 보며 연애를 해야 하나? 무엇이 부끄러워 결혼 상담하는 것조차 쭈뼛쭈뼛해야 하나? 남은 인생을 자신을 위해서 살아야 한다. 좋은 동반자를 새로 만나 인생의 1막에서 못다 한 사랑의 불꽃을 다시 마음껏 피웠으면 좋겠다. 카르페디엠이라고 하지 않았나. 지나간 것들에 연연하지 않고 지금 아름다운 연애 중인 실버들에게 박수를 보낸다. 100세 시대, 당당하게 인생 제2 막을 꾸미자!

아모르파티 김연자 재혼

연애는 필수 결혼은 선택

가슴이 뛰는 대로 가면 돼

눈물은 이별의 거품일 뿐이야

다가올 사랑은 두렵지 않아

아모르파티 아모르파티 아모르파티

'산다는 게 다 그런 거지 누구나 빈손으로 와' '인생은 지금
이야 아모르파티' '나이는 숫자 마음이 진짜 가슴이 뛰는 대로
가면 돼' '연애는 필수 결혼은 선택' 가사 내용이 대중의 마음을
울렸는지 인기몰이를 했다. '결혼은 선택, 연애는 필수'라고 무대

에서 흥을 돋운 트로트 가수 김연자가 재혼을 한다는 기쁜 소식이다. 아모르파티는 독일의 철학자 프리드리히 니체의 사상 '운명에 대한 사랑'에서 나온 용어다. 운명을 받아들이고 사랑하라는 뜻이다. 가수 김연자는 10년 동안 친구로 지내던 소속사 대표와 운명적인 사랑을 결혼으로 승화시켰다. 축하할 일이다. 사실 '결혼이 필수가 아닌 선택'이라는 유행가 가사가 왠지 귀에 거슬렸다. 유행가는 그 사회의 현상을 반영하고 풍자하는 건 사실이다. 하지만 이런 대중가요가 자연스럽게 대중의 의식을 바꾸기도 한다. 유행가 가사처럼 마치 결혼을 안 해도 되는 문화가 정상인 것처럼 젊은 세대들에게 혼돈을 준다.

지난해 우리나라 합계출산율은 0.84로 역대 최저 출산율을 기록했다. 2065년이 되면 고령인구가 생산연령 인구를 초과할 것으로 예측하고 있다. 일할 사람보다 부양할 사람이 더 많다 보니 국민연금의 안전성에 대한 논의마저도 거론된다. 남녀 한쌍이 평생 아이를 한 명도 안 낳는다면 국가의 존폐위기까지 생각해야 될 정도로 심각한 문제다. 결혼을 안 하면 출산율이 떨어지고 다양한 사회문제로까지 이어진다. 여성들은 맞벌이를 하고 사회진출을 하면서 육아와 임신, 경력단절 등의 이유로 결혼을 기피한다. 초등학교에 남녀 성비의 균형이 깨지고 남학생이 훨씬 많은 건 어제오늘 일이 아니다. 이러한 여러 가지 사회현상들이 결혼을 안 하는 세상으로 변화되고 있는 건 사실이다.

독신 연예인들의 일상을 반영한 '나 혼자 산다'는 예능 프로그램이 시청률을 올리고 있다. 인생 후반전을 준비하는 싱글 여배우들이 함께 모여 사는 '같이 삽시다' 프로그램도 또래 여성들의 관심사다. 대중매체들이 결혼을 안 하고 혼자 사는 것이 가장 이상적인 삶처럼 보일 수 있게 하는데 일조하는 게 아닌가 우려된다. 생각해 볼 문제다. 결혼은 우리 사회를 이루고 국민의 구성원을 만드는 첫 단추다. 인구정책의 문제는 결국 결혼과 밀접한 관계가 있다. 공영방송이나 대중매체에서도 비혼을 부추길 수 있는 드라마는 신중하게 접근해야 한다.

독거노인을 상대로 봉사를 하는 어느 사회복지사가 말했다. 사회복지사들의 도움을 받는 솔로노인들이 "인생에 있어서 가장 후회스러운 건 재혼이나 결혼을 안 한 일이다"라고 한다. 나이 들어서 부양받을 가족이 없고 나의 피붙이가 없다는 건 슬픈 현실이다. 그들은 외로움과 고독을 친구로 삼는다. 사회복지사가 두 어르신이 사는 집에 방문요양을 갔는데 경증 치매 할아버지가 그녀의 손을 꼭 잡으며 "나는 당신과 꼭 한 번만 결혼하고 싶다"라고 했다 한다. 재치 있고 센스 있는 그녀는 "할아버지, 이 승에서는 할머니가 계셔서 안 돼요" 옆에 있던 할머니가 손뼉을 치며 박장대소했다. 나이와 상관없이 남녀는 사랑을 꿈꾼다. 트 롯가수 김연자가 결혼이 필수가 아닌 선택이라고 유행가를 불렀 다. 하지만, 그녀도 나이가 들면서 아마 결혼이 필수라고 생각했 는지도 모른다. 결혼이 물론 장밋빛 환상만은 아니다. 장미의 가 시처럼 아름다운 결혼생활을 위해서는 견뎌내야 할 것이 많을 것이다. 그러나 노후에 외로운 삶을 사는 것보다 서로 소통이 되 는 동반자와 평생을 함께 한다면 좀 더 풍요로운 인생이 되지 않 을까. 아모르파티를 부른 트롯신 김연자가 결혼이 선택이 아닌 필수라는 가사로 편곡해서 제2의 인생을 노래하면 어떨까.

외로움 때문에 재혼하지 마라

중년 여성들의 마음을 설레게 했던 여배우 S 씨의 재혼이 안타깝게도 모래성처럼 무너졌다. 100세 시대에 한 곳을 바라보며 혼자보다는 함께할 동반자가 있다는 것은 축복받을 일이다. 두 사람의 재혼을 응원하고 행복을 빌어주는 팬들은 실망이 크다. 대중들은 두 사람을 통해 황혼재혼의 모범사례로 황혼의 실버들에게 희망과 용기를 주고 우리 사회에 긍정적 신호를 기대했다.

연예인들의 결혼과 이혼은 대중들에게는 관심거리이기도 하지만, 때로는 그들을 통해 대리만족을 느끼기도 한다. 너무나 성향이 다른 남과 여가 만난 지 8일 만에 결혼을 약속했다. 한 편의 영화처럼 드라마틱했고, 그들의 열정적인 사랑을 부러움으로 지켜봤다. 오랜 세월 동안 외롭게 지냈으니 충분히 보상받을 가치가 있다고 생각했다. 결혼하고 두 달도 채 안 돼서 MBN '동치미'에서 중년여배우 S 씨는 조금씩 결혼생활의 어려움을 얘기하기 시작했고, 시청자들의 입방아에 올랐다. "왜 그들은 두 사람만의 소중한 신혼생활을 방송에서 공개적으로 얘기했을까?" 그들이 얻는 것은 색안경을 낀 대중들의 냉정한 비판과 험담이었다. 결국은 두 사람은 결혼생활을 통해 서로가 너무나 다르다는 것을 알았고 후회하기엔 너무 멀리 와 있었다.

자신들의 성급한 판단으로 인한 재혼에 대한 불안함으로 결별을 이미 예측했는지도 모른다. 대부분의 재혼은 초혼보다도 더 조건적인 만남을 요구한다. 특히 황혼의 재혼은 자식이라는 혈연적인 매개체도 없고 기쁨과 슬픔을 함께 한 세월의 흔적이 없다.

서로의 기여도가 없기 때문이다. 남성이나 여성이나 재혼은 상대의 경제력, 능력, 환경, 자녀의 유무등 많은 것을 확인하고 잣대를 가늠한다. 결혼의 실패에 대한 아픔이나 어려움을 보상받으려는 보상심리가 작용하기 때문에 갈등을 일으킬 요소가

다분히 있다.

이러한 경제적이나 물질적인 조건적인 만남에 우선을 두는 재혼은 온전한 행복을 기대하기는 어렵다. 환경과 조건이 변하고 경제적 여건이 지속되지 않을 때는 혼인이 유지되기가 쉽지 않다. 재혼을 통해 내가 원하는 모든 것을 다 가질 수 있다는 생각은 이기적이고 무모하다. 전배우자에 대한 실망과 실패에 대한 원인에 대해서 민감한 것이 재혼의 특징이다.

또 다른 실패를 하지 않기 위해서는 자신이 가장 원하는 것에 우선순위를 두고 나머지는 희생과 배려의 마음가짐으로 상대를 대해야 한다. 지금껏 다른 삶을 살아온 사람들이 하루아침에 노력과 희생 없이 행복할 수 없다. 서로의 가치관이나 라이프 스타일등을 인정해 주고 맞추어 가는 마인드가 필요하다. 하지만, 무엇보다 더 중요한 것은 사랑이다. 사랑의 확신이 서기전에 일시적 외로움으로 인한 감정의 혼선으로 재혼을 선택하는 것은 위험하다.

S 씨의 초고속 재혼이 이러한 경우가 아닐까? 사계절을 만나면서 데이트도 해보고 때로는 동거도 해보고 서로에 대해서 알

아가는 과정이 필요하다. 전배우자에 대한 지긋지긋한 감정이 남아 있는 상태에서 전배우자의 단점을 보완할 만한 조건을 가진 사람을 만났을 때 섣불리 판단해서 빨리 결정을 하는 경우가 있다. 적어도 충분한 시간을 가지고 서로에 대한 신뢰나 애틋함, 배려, 사랑의 감정의 깊이를 생각하는 시간들이 필요하다.

맛난 음식을 먹을 때 가장 먼저 생각나는 사람, 함께 여행하고 싶은 사람, 힘들 때 기대고 싶은 사람이 '그 사람'이라야 사랑이라 할 수 있지 않을까? 평생을 함께해도 후회하지 않을 사람과 의 사랑이 우선인 재혼이야말로 바람직한 선택이 아닐까? 한 번의 실패와 상처가 또다시 멍이 된다면 그 길을 택하지 않아야 된다. 흔히들 재혼을 외로워서 경제적으로 의지하고 싶어서 쉽게 생각하는 경우도 있다.

이혼은 두 사람만의 문제가 아니다. 주변의 가족들이나 지인의 관계, 재산 정리 등 여러 가지 힘들고 상처받을 부분들이 있다. S씨도 재혼을 쉽게 생각하고 판단한 것은 아닐 것이다. 서로를 알아가는 시간들이 길었다면 , 과연 두 사람은 함께 했을까? 소소한 행복과 가정적인 안정을 추구하는 그녀와 영혼이 자유로운 사람과의 조화는 불 보듯이 뻔하다. 세간의 이목보다 자신이 이 세상의 주인공이고 누구보다도 행복할 권리가 있다. 힘들게 버티지 말고 빠른 판단을 한 그들의 용기에 응원을 보내면서 각자의 새로운 삶에 또 다른 행운이 찾아오길 빈다.

윤정희 '치매'와 결혼

'윤정희 치매'라는 기사가 연일 매스컴을 달구었다. 1960년 대 최고의 인기 여배우가 알츠하이머라는 병으로 10여 년 동안 시달리다 최근에 악화되었다.

프랑스의 한 아파트에 갇혀 지내며 가족으로부터 방치되었다는 국민청원의 댓글에 그녀를 알고 있는 국민들에게는 충격적인 소식이었다. 사실 여부는 남편 백건우 씨의 해명으로 밝혀져 안도의 한숨을 지었지만, 치매라는 질환으로 인해 한 여배우가 자신의 정체성마저 잃어버렸다는 사실에 종일 우울했다. 세계적인 피아니스트와 인기 여배우의 결혼은 당시 세기의 러브스토리였다. 몇 년 전, 어떤 인터뷰에서 그녀는 평소에 꿈꾸던 영화 같은 사랑을 이루었다며 소녀처럼 홍조를 띠었다. 남편 백건우는 영화 없이 못 살고, 아내 윤정희는 음악 없이 못 산다고 했다. 둘은 천생연분이었다. 예술을 사랑하고 사람을 사랑한 휴머니스트였다. 처음으로 남편에게 꽃 선물과 함께 프러포즈를 받아 프랑스 몽마르트르 언덕의 낡은 집에서 동거를 시작했고, 얼마 후 결혼했다. 남편은 40여 년 동안 한 번도 손에서 결혼반지를 빼 본 적이 없다고 하니 그들의 순수한 사랑이 가히 짐작된다. 자신의 분신처럼 여겼던 아내가 자신과 딸을 낯선 사람 대하듯 하는 모습에 얼마나 망연자실했을까.

현대인의 병중에 암보다 더 무서운 병이 치매라고 혹자는 얘기한다. 치매는 자신뿐만 아니라 소중한 가족과 추억마저도 잃어버리는 마음을 지우는 병이다. 최근에 영국의 런던대학의 '결혼과 치매'라는 논문에서, 결혼생활이 치매를 예방한다는 내용이 신경의학 저널에 실렸다. 일반적으로 유전적 요소와 생활양식이 치매의 원인이 된다. 그중에 치매 발생확률을 높이는 위험인자에 결혼상태도 포함된다는 것이다. 결혼을 한 번도 안 해본 미혼자나 독신자가 치매에 걸릴 확률이 결혼 한 사람에 비해 42퍼센트나 높다는 사실이다. 배우자가 사별한 경우에도 부부가 함께 사는 경우보다 20퍼센트 높다고 한다. 결혼을 해서 부부가 함께하는 환경적 요인은 건강한 생활 습관과 사회적 관계 유지에 상호 긍정적 요인으로 작용한다고 분석한다.

친구 엄마가 오랫동안 치매로 아버지가 보호자 역할을 하시면서 고생을 하셨다. 자식들이 힘들어하는 아버지 모습을 보고 요양 시설에 모실 것을 권했으나, 아버지는 끝내 거부하셨다. 잿빛처럼 사라지는 아내의 기억을 붙잡고, 아버지는 엄마가 좋아하던 옛 가요도 부르고, 손가락으로 셈도 가르쳐드린다. 며느리와 딸은 누구냐고 물으시면서, 아버지는 알아보고 반가워하신다니 얼마나 다행인가. 친구 엄마는 아버지의 지극정성 돌봄으로 치매의 진행속도가 최대한 늦춰지며 남편과의 행복한 기억을 새로 쌓아가고 있지 않을까. 아버지의 사랑의 힘으로 엄마는 꿈속에서 또 다른 황혼 여행을 시작하고 있는지도 모른다. 노년의 부부는 사라져 가는 기억보다 더 소중한, 옆에서 지켜주는 배우자의 사랑을 확인하는 것이다.

코로나 19의 여파로 젊은이들이 결혼을 안 하거나 미룬다. 힘들수록 나의 분신처럼 나를 지켜주는 동반자가 필요하다. 청춘남녀들이 현실적인 조건을 저울질하다가 결혼할 타이밍을 놓치지 말고 사랑하는 사람을 만나면 결혼에 골인하는 용기를 가졌으면 좋겠다. 아름다운 파리의 연인인 윤정희 부부도 젊은 날 몽마르트르 언덕 운명적인 사랑의 기억을 되찾을 수 있는 행운이 오기를 빌어본다.

재혼이 예측되는 부부간 말투

　결혼생활 16년 만에 파경을 맞은 중년의 여성이 재혼상담을 위해 어렵게 말문을 열었다 새로운 인연을 찾는데 도움이 되기 위해 이혼사유나 성격 취향 등을 상세하게 물어봤다.

　체격이 작고 가녀린 모습을 한 그녀는 평소의 남편의 말투 때문에 불화가 잦았다며 파경이 된 이유를 하소연했다. 그녀의 입을 빌리면 남편은 늘 화가 난 듯 말하고 단 한 번도 따뜻하게 칭찬이나 격려하는 적이 없다고 했다. 시간이 지나면 나아지겠지 하고 참고 참았지만 갈수록 더 심하다고 했다. 이혼사유 중에는 성격차이, 배우자의 무능력, 폭력, 외도, 고부간의 갈등, 등 다양한 원인이 있다. 언어의 폭력도 치명적이다. 말에도 혼이 있다.

진정성이 있는 따뜻한 말 한마디는 생명력을 갖고 치유의 초능력을 발휘할 수도 있다. 하물며 가장 가까운 부부사이에 불신과 투박스러운 남편의 말투는 그녀를 서서히 병들게 했다. 그래서 그녀는 이혼을 결정한 것이다.

말이란 참으로 신기하다. 얼음처럼 싸늘하게 식은 마음을 따뜻한 말 한마디로 단번에 녹일 수도 있고 반대로 영원히 지울 수 없도록 가슴에 못을 박을 수도 있다. 한집에서 매일 함께 사는 부부간에는 더 그럴 수도 있다. 물론 부부생활의 성패는 서로 간의 이해와 존중, 갈등 관리, 공동 목표 설정 등 다양한 요소에 의해 영향을 받게 되지만 이 여성처럼 말투가 결정적인 원인이 될 수도 있다. 하루하루 크고 작은 많은 일들을 처리하고 해결하며 부부가 일상을 영위하기 위해서는 상호 이해와 존중이 기본이 되는 의사소통은 필수적이다. 부부 중 어느 한쪽이 이러한 의사소통 구조를 계속 무시하거나 방해 또는 훼손한다면 다툼이 생길 수밖에 없다. 이러한 불화가 자주 이어지게 되면 결국 파국으로 치 닫을 수도 있다.

부부관계를 연구해 온 미국 워싱턴 대학교 고트먼 박사는 부부간의 대화를 통해 부부의 10년 20년 뒤 미래를 예측해 내 세상을 깜짝 놀라게 했다. 그는 부부가 나누는 대화를 분석함으로써 부부관계와 이혼을 예측하는 시스템을 개발했다. 그는 이러한 시스템으로 한 시간 동안 남편과 아내가 나눈 대화만 분석해도 그 부부가 15년 뒤에 여전히 부부로 살지, 아니면 이혼을 하게 될지 여부를 95% 정확도로 예측할 수 있다고 했다. 그의 주장에 따르면 세상의 모든 부부는 대화를 하고 감정을 교류하는 과정에서 독특한 자신들만의 패턴을 가지고 있고 그것을 자세히 살펴보면 불행한 부부에게서 공통적인 특징을 발견할 수 있다는 것이다. 우선 결혼생활을 오래 지속하는 부부를 관찰해 보니, 서로 대화를 할 때 상대에 대한 긍정적 감정과 부정적 감정의 비율이 최소 '5 대 1'은 되더라는 것이다. 그러나 대부분의 불행한 부부들은 부정적 감정의 비율이 40%가 넘었다고 했다. 특히, 불행한 부부들은 상당수는 15년 내에 이혼을 했고 이들의 대화에서는 방어적 자세, 의도적 회피, 냉소, 경멸 등이 자주 발견됐다. 그중에서 가장 심각한 요소는 '경멸'이었다. 부부 중 어느 한쪽이나 서로가 상대방에게 두 번 이상 눈알을 빠르게 굴린다거나, 어처구니없다는 식의 표정을 짓거나, 무시하는 말을 내뱉는 등 경멸의 감정의 비율이 최소 '5 대 1'은 되더라는 것이다. 그러나 대부분의 불행한 부부들은 부정적 감정 경멸의 감정을 보일 경우 그들의 결혼은 심각한 적신호를 보인다고 판단했다.

고트먼 박사는 이처럼 부부간 대화에서 계속 상처를 주게 만드는 환경은 이혼으로 가는 지름길이라고 지적했다.

톨스토이는 소설 안나 카레니나에서 "세상의 모든 행복한 가정은 서로 비슷한 이유로 행복하지만, 불행한 가정은 제각기 서로 다른 이유로 불행하다"라고 했다. 고트먼의 관찰에서도 이처럼 불행한 부부에게는 저마다의 불행한 공통점이 있었던 것이다.

사실 대화는 내용보다 태도가 중요하다. 어떻게 나의 메시지를 상대방에게 전달하느냐 상대방 또한 메시지를 어떤 태도로 받아들이고 반응하느냐가 대화의 성패를 좌우한다. 방어적인 태도나 회피는 물론 무시하고 경멸하는 태도의 말투는 아무리 부부간이라고 하더라도 마음의 골을 깊게 하고 상처를 줄 수밖에 없다. 똑같은 말도 어떻게 하느냐에 따라 그 말의 전달력이나 온도는 천차만별이다. 결국 따뜻하고 부드럽게 말한다는 것은 그만큼 의사소통의 품질이 높고 고급스럽다는 말이기도 하다. 부부간 일상생활에서는 대화의 내용보다는 전달방식 즉, 소통의 품질이 더 중요하다.

뉴요커들의 말버릇을 관찰한 프랑스 작가 장자크 상페는 "그들은 빤한 얘기인데도 습관처럼 상대의 말꼬리에 감탄사를 붙이고, 물음표를 달아준다"라고 했다. 상대방의 말을 경청하며 적극적인 리액션을 해준다는 얘기다. 자신을 앞세운 대화, 상대를 배려하지 않는 대화에서는 이런 반응을 상대방에게 해주기는 어렵다. 부드럽게 말하기, 적극적으로 들어주기가 바로 부부간의 행복한 나날을 약속해 주는 비결 중의 비결인 셈이다.

'가는 말이 고와야 오는 말이 곱다'는 이 평범한 말이 갖는 함의가 얼마나 크고 중요한지를 다시 한번 되새기게 된다. 당신이 선택한 말이 당신의 인생을 만든다.

황혼 재혼의 울림

　60대의 중견 여배우 A 씨가 4살 연하의 남성과 재혼 발표를 해서 중년의 돌싱들에게 울림을 주고 있다. 인생 후반기에 노후를 외롭게 보내는 솔로들에게 부러움의 대상이 되었다. 재혼은 젊은이들의 새 출발로 인식되었던 고정관념을 60대 중반을 바라보는 그녀가 깨어버렸다. 항간의 중년의 많은 여성 팬들이 놀랍게도 그녀의 새로운 출발을 응원한다는 사실이다. 혹자는 그 나이에 외로우면 남자친구 정도로 족하지 결혼까지 할 필요가 있느냐고 얘기하는 부류도 있다. 자식들과의 복잡한 관계 등으로 주변 상황을 눈치 보는 유형이다. A 씨는 인생 후반을 오로지 자신만의 행복한 삶에 더 비중을 두었다.

100세 시대에 노후를 혼자 외롭게 보내는 황혼의 돌싱들에게는 용기와 희망의 메시지다. 이혼이나 사별을 한 사람들의 대부분은 외로움과 고독의 트라우마에 시달리고 있다. 심지어 극심한 우울증에 시달리는 사람들도 있다. 황혼 재혼은 경제적인 문제보다 심리적인 문제가 더 크다. 100세 시대에 인간의 평균수명이 길어지면서 외로움을 나눌 인생을 함께 할 동반자가 필요한 것이다. 2022년 고령자 통계조사에 의하면 65세 이상의 남녀들의 황혼이혼과 재혼이 증가되고 있는 추세다. 특히 여성들의 재혼 증가가 두드러진다. 가부장적인 삶과 유교적인 관습에 의해 참고 살던 여성들이 자녀들이 성장하여 독립한 후 자신의 인생을 선택하는 경우다. 검은 머리 파뿌리 되도록 백년해로 한다는 말이 옛말이 되었다.

황혼 이혼, 황혼 재혼이 새로운 재혼 문화로 등장이 되면서 황혼 재혼에 대한 인식에 변화가 온 것이다. 이미 서구사회에서는 황혼 재혼 프로그램을 도입하여 노인 문제를 해결하고 있다. 노인의 외로움과 고독은 효성스러운 자녀와 경제적인 욕구로 채울 수 없다. 그들도 당당하게 사랑할 권리와 행복을 추구할 권리가 있다. 같은 취미와 정서를 공유할 수 있는 좋은 동반자를 만나는 것은 삶의 질을 추구하고 외로움에서 벗어난다. 이는 신체

적 정신적 면역 향상에도 도움이 되며 노년의 건강에도 도움이
된다.

다산 정약용의 《목민심서》에 보면 다산은 "모든 고을에 중매
를 맡은 사람이 있어서 홀아비와 과부를 골라 화합시키니 이를
'합독'이라 한다."라는 〈관자〉의 말을 인용, 혼자된 남녀가 함께
지내면서 서로 의지할 수 있게 하자고 주장했다. 마음은 있으나
남의 시선이나 부끄러움 때문에 행동으로 옮기지 못하는 홀아
비와 과부들을 관이 나서서 맺어 주자는 것이다. 국가가 정책적
으로 이를 실행한 것이다. 황혼 재혼은 서로 다른 환경과 문화에
익숙한 남녀의 결합이라서 서로에 대한 더 많은 관심과 배려가
필요하다. 자녀와의 갈등, 새로운 가족관계의 형성에 의한 적응,
실패의 원인에 대한 상처나 기억들이 부정적 감정으로 남아있기
때문에 신중하게 판단해야 한다.

며칠 전에 회원 등록한 60대 중반의 사별한 남성의 얘기가
떠오른다. 그는 늦게 결혼해서 아이도 없고 부모님도 돌아가셨
다. 아내와 동반자 겸 친구처럼 서로를 의지하면서 살아가는데
갑자기 암으로 아내가 먼저 떠나버렸다. 아침에 일어나 눈을 뜨
면 빈자리가 허전했고 대화할 사람도 없다는 사실이 믿기지 않

는다고 했다. 저녁에 집에 들어갔을 때 아무도 반겨 줄 이 없고 텅 빈 적막감을 견디지 못해 우울증 약을 복용하고 있다 했다. 젊은 사람들이 좋아하는 스포츠카 수입차를 구매해서 기분을 전환시키려고 주말마다 혼행을 하지만, 공허함은 더 크다고 했다. 경제적 능력이나 직업 등 모든 것이 부족한 것이 없는 그였지만, 뻥 뚫린 마음 한구석의 허전함을 이겨내지 못했다.

같이 여행하고 밥 먹고 취미 생활하는 일상의 행복이 누군가에게는 가장 소중한 그 무엇이 될 수도 있는 것이었다. 5~60대 이상의 황혼 재혼의 증가는 100세 시대에 노후생활을 즐기려는 사회 분위기와 시대적 흐름이다. 황혼 재혼은 더 이상 100세 시대에 깜짝 뉴스가 아니다. 시간과 계절이 얼마 남지 않은 그들에겐 사랑할 시간도 길지 않다. 시대의 변화와 재혼의 새로운 인식은 나이와 상관없이 자신의 인생에 대한 행복을 추구할 수 있는 소중한 선택이다. "내 나이가 어때서 딱 사랑하기 좋은 나이인데" 나이는 숫자에 불과하다. 유행가 가사처럼 사랑과 낭만을 꿈꾸는 황혼의 재혼들에게 파이팅을 보낸다.

제5장

정책활동

—

결혼하는 세상을 위하여

더 이상 쓸쓸하지 않아
Oil on canvas, 430×530

'동거커플 가족 인정' 우리도 절실

대통령 직속 저출산 고령사회위원회가 저출산 대책의 하나로 프랑스의 시민연대계약 팍스(Pacte Civil de Solidarite·PACS) 제도 즉 '등록 동거혼' 도입을 추진한다는 내용이 언론에 보도되었다. 팍스제도는 22년 기준 출산율 1.8명으로 출산율 1위 국가인 프랑스의 출산율증가에 기여했다는 평가를 받고 있다. 이는 정부가 곤두박질치는 저출생률에 대한 대응책으로 국가 소멸론과 위기인식을 극복하려는 노력과 의지로써 적극적으로 환영한다. 젊은 이들이 결혼을 기피하고 아이를 낳지 않으려는 현상을 결혼 현장에서 지켜보면서 프랑스의 팍스제도에 대한 필요성을 몇 차례 주장한 적이 있다. 이제 정부가 나서니 대한민국의 암울한 인구정책에 다소 희망이 보인다. 여성 한 명이 일생에 아이를 낳을 수 있는 합계출산율이 0.7에서 0.6으로 추락하고 있다. 대한민국이 세계적으로 전문가들에 의해 국가 소멸론으로 화두가 되고 있다. 대처방안이 시급하다.

최근에 호주와 뉴질랜드를 여행을 다녀왔다. 호주의 출산율은 현재 1.7이다. 나라는 우리보다 크지만 인구수는 적다. 하지만 한해에 태어나는 출생인구가 한국보다 많다. 호주 나 뉴질랜드 역시 동거나 비혼으로 인해 태어나는 혼외 출산의 숫자가 결혼하는 커플과 비교할 때 비슷하다. 국가가 육아정책에 집중적으로 관심을 갖고 다양한 가족제도를 인정함으로써 프랑스처럼 출산율을 유지하고 있는 것이다. 국가가 양육의 책임을 지는 일관된 복지정책을 실행하는 호주의 정책이 출산율을 높이는데 기여했다고 볼 수 있다.

시대에 따라 젊은이들의 결혼관과 가치관이 다르고 결혼 트렌드도 다르다. 결혼 현장에서 느끼는 비혼과 만혼의 사회적인 분위기는 실제로 더 피부에 와닿는다. 결혼이라는 제도에 구속되어 책임과 의무를 꺼리는 청년세대들의 고민도 많다. 집문제, 양육비, 교육비, 취업, 등 그래서 그들에게는 삼포세대, 오포세대, 칠포세대라는 신조어가 따라다닌다. 한국에서 결혼문화는 가족끼리의 결합이기도 하다. 하지만 현대의 젊은이들은 결혼으로 인한 복잡한 가족제도에 불편함을 느끼고 개인주의를 추구하고 자유로운 결혼을 원한다. 누구를 부양하거나 책임지기도 싫고 법과제도에 구속받는 것도 그들은 싫어한다. 자유로운 영혼으로 사랑하고 사랑이 식으면 쿨하게 헤어진다.

프랑스의 팍스제도는 이러한 젊은이들의 생각을 잘 반영하여 합계출산율 1.8을 끌어올리는 데 성공한 케이스기도 하다. 팍스는 미혼남녀 두 사람이 시청에 동거 신고만 하면 세액공제, 또는 건강보험, 비자 등에서 결혼한 부부와 팍스를 맺은 커플이 동일하게 법의 인정과 보호를 받는 제도다. 만약 아이를 낳을 경우에 양육수당 등의 정부 지원도 당연히 받을 수도 있고 또 입양을 해서 함께 키울 수도 있다. 결혼과 달리 배우자의 가족과도 인척관계로 보지 않는다. 두 사람 중 한 사람이 헤어지기를 원하면 시청에 해지요청을 하면 된다. 일반적으로 프랑스는 남녀가 먼저 팍스제도를 통해 동거를 하고 부부로서 서로 신뢰와 믿음이 갈 때 정식으로 결혼절차를 진행한다. 결혼 전 예비단계로 보이는 우리나라의 사실혼보다는 제도적으로 국가가 정책적으로 도움을 준다. 그래서 프랑스의 많은 젊은이들이 팍스제도를 지지한다. 실제로 연간통계를 보면 혼인신고 한 커플보다 등록동거혼의 숫자가 더 많다. 프랑스는 비혼 출산율이 60퍼센트에 달한다. 우리는 프랑스의 팍스제도에 주목할 필요가 있다. 개인주의와 이기적인 사고의 현대의 젊은이들이 원하는 결혼 트렌드가 팍스제도가 성공한 배경이다.

팍스제도를 통하여 그들은 결혼의 가능성을 확신하고 신뢰와 믿음 사랑의 확신이 있을 때 결혼이라는 제도권으로 들어온다. 주변에도 보면 나이 든 신랑신부가 결혼하지 않고 동거만 하는 경우를 가끔 본다. 동거하면서 서로의 성격이나 취향등 삶의 가치관도 맞는지를 알아본다. 그리고 차후에 결혼을 결정한다. 동거먼저 결혼이라는 것이다. 어쩌면 살다가 서로 안 맞아서 이혼을 하는 것보다 더 현명한 선택인지도 모른다. 이혼은 두 사람만의 문제가 아니라 가족이나 주변사람마저도 힘들게 하기 때문이다. 선진국에서 이혼은 남성에게는 경제적으로 파멸에 가깝다. 그래서 그들은 결혼을 꺼리고 팍스제도를 자연스럽게 추구한다.

프랑스는 다양한 가족제도를 국가가 인정함으로써 인구감소의 위기를 극복한 나라이다. 선진국에서 성공한 인구정책 대응

방법을 잘 벤치마킹해서 우리도 저출산의 위기를 기회로 바꾸면 좋겠다.

결혼문화, 획기적으로 바꿔가야 할 때

저출산 고령사회위원회는 지난해 미혼 남녀가 시청에 '동거 신고'를 하면 가족에 준하는 혜택을 제공하는 '등록 동거혼'도 입을 추진하고 있어 주목을 받고 있다. 여기에는 프랑스의 팍스 PACS(시민연대 협약기구) 제도를 사례로 저출산 문제대응으로 동거남녀에게도 가족지위를 인정해 결혼한 부부와 같이 동등한 지위를 부여하고 출산을 유도하자는 의도가 깔려있다. 국회 저출산 고령화 대책특별위원회 위원장을 역임하고 대통령 직속 저출산 고령사회위원회 부위원장을 지낸 나경원 국민의힘 의원도 현실적인 저출산 방안으로 프랑스의 '등록 동거혼'의 필요성을 주장했다.

젊은이들이 법적 제도적으로 구속되거나 책임을 져야 하는 법률혼의 부담감으로 결혼을 회피하는 현실을 볼 때 논란은 있지만 우리도 이제는 다양한 가족의 형태를 고민해야 될 때이다. 시청에 가서 커플이 동거등록을 하면 각자 재산은 소유하고 태어난 자녀나 복지제도는 결혼한 커플과 똑같은 혜택을 받는다. 팍스에 대한 선호도는 젊을수록 더 높다. 물론 우리는 아직 전통적 관념 등으로 인해 동거문화를 비판적으로 바라보는 시각이 많은 것도 사실이다.

최근에 뉴질랜드와 호주 그리고 스웨덴 핀란드 등 북유럽을 다녀왔다. 서구의 결혼문화에 대해 많은 것을 새롭게 알게 되었다. 스웨덴 남편을 둔 가이드와 핀란드 남편을 둔 40대 중반의 또 다른 가이드와 열흘 동안 함께 할 기회가 있어 그 나라의 결혼문화를 소상하게 들을 수 있었다. 우선 유럽은 동거나 결혼의 의미에서 차이가 없다는 것이다. 심지어 손자와 증손녀까지 둔 할아버지 할머니도 결혼을 안 하고 동거 형태로 사는 사람들이 많다고 했다. 서구 유럽사람들은 성인이 되면 독립을 하고 개인주의적 성향 강하기 때문에 이도 동거문화와 많은 관련이 있다. 젊은 남녀들이 동거를 통해 서로 경제적 정신적으로 부담을 함께하면서 일이나 생활비도 대부분 같이 부담한다. 동거나 결혼에 대해 사회적 편견도 거의 없고 남과 비교하거나 경쟁하지 않는 사고의 유연함도 우리와는 많이 다르다. 이런 이유들로 결혼한 커플보다 동거커플이 숫자적으로 더 많다고 한다.

특히 북유럽에서는 훤칠하고 잘생긴 커플들의 스몰웨딩 모습은 일반화되어 있다. 시청이나 교회 잔디밭 등 주변 편한 곳에서 가까운 친척이나 친구들을 초대해 소박한 결혼식을 올린다. 시청 등 공공기관에서는 장소를 무료로 대여하는 것은 물론 결혼식 편의를 위해 적극적으로 지원에 나서고 있다. 당연히 결혼에 대한 경제적 부담도 크게 줄어든다.

우리나라는 결혼식 비용이 만만치 않다. 스튜디오, 드레스, 메이컵을 뜻하는 '스드메'라는 신조어가 생길 정도로 결혼 준비에 많은 경비와 시간들이 들어간다. 이밖에도 웨딩홀, 신혼여행지. 영상, 한복 등 신경 쓸 게 한두 가지가 아니다. 이뿐 아니라 신혼집 마련까지 생각하면 결혼은 큰 산을 넘는 것이나 다름없다. 부모 잘 만난 금수저가 아니고서는 여간 힘든 일이 아니다. 이렇다 보니 결혼은 미룰 수밖에 없고 결혼을 했다 하더라도 아이를 낳기가 쉽지 않다.

이런 결혼식을 계속 이어가야 하는가? 이제 우리도 결혼 문화를 과감하게 바꾸어야 나가야 한다. 우선 결혼식을 획기적으로 간소화해야 한다. 국민들 모두가 어느 날부터 선언을 하듯 결단해야 한다. 평소에 친하지 않은 지인들을 결혼식에 초청하여 하객들에게 부담을 주는 축의금 문화도 없애야 한다. 진정으로 결혼을 축복할 수 있는 가장 가까운 사람만 초대해서 의미 있는 스몰웨딩이 되어야 한다.

축의금도 사절하고 유럽처럼 무료로 결혼할 수 있는 아름다운 장소에서 저마다 작은 결혼식, 간소한 결혼식, 소박한 결혼식으로 바꿔야 한다. 유명인사나 정치 지도자들의 자녀들이 먼저 앞장서서 결혼문화를 바꾸어야 한다. 결혼이 인맥과 부를 자랑하는 일회성 이벤트가 아니고 누구와 비교되지 않는 숭고한 가치와 의미가 되어야 한다.

통계청에 의하면 출산율이 작년 합계출산율 0.72로 역대 최저치를 기록했다. 뉴욕타임스 뉴스 헤드라인에서 세계최저기록을 경신했다는 소식을 올리면서 한국이 인구소멸국가로 우려를 하고 있다. 우리에게 저출산대응은 선택이 아닌 국가의 위기에 부응하는 생존이다. 다양한 가족제도를 인정하고 시대와 젊은

이들의 사고에 맞는 유연한 결혼 정책이 필요할 즈음이다. 결혼이 부담스럽지 않아야 젊은이들이 결혼을 많이 할 것이다. 결혼에 대한 국민들 개인이나 정책당국 모두의 획기적인 사고의 전환이 요구되는 때다.

저출생 극복 온 나라가 나서야

    저출생으로 인한 인구감소가 심각한 문제로 다가오자 정부나 지방자치단체들 외에 민간의 일반 기업들도 거액의 출산지원금을 지급하는 등 동참에 나서 큰 이슈가 되고 있다. 정부나 지자체는 물론 기업들의 획기적 저출생 대책이 최근 잇따라 발표되자 이러한 분위기가 사회적으로 널리 확산되어야 한다는 여론이다.

    이중근 부영그룹 회장은 지난달 초 열린 시무식 자리에서 2021년 이후 태어난 직원 자녀 1인당 '1억 원 출산장려금'을 지급한다고 밝혀 세간의 큰 관심을 모았다. 연년생 자녀를 출산한 세 가족과 쌍둥이 자녀는 출산한 두 가족은 각각 2억 원씩을 받아 이번 출산장려를 위한 전체 지원금 규모가 70억 원에 이른 것으로 알려졌다.

이중근 회장은 앞으로도 출산 장려를 위한 지원금 지급을 계속해 나가겠다고 밝히면서 셋째까지 출산한 임직원 가정은 3명분의 출산장려금이나 국민주택규모의 영구임대주택 중 하나를 선택할 수 있게 하겠다고도 덧붙였다. 거액의 출산장려금을 지급하는 부영그룹은 이미 저출생 문제를 해결하기 위해 자녀 대학 학자금지급, 직계 가족 의료비 지원, 자녀 수당 지급 등의 복지제도를 시행해 오고 있는 중이다.

부영그룹에 이어 쌍방울 그룹도 지난달 22일 '출산 장려 캠페인 선포식'을 개최하고 셋째를 출산하면 최대 1억 원의 장려금을 지급하기로 했다. 또, 5년 이상 근무한 임직원이 올해부터 출산하면 첫째와 둘째는 각각 3,000만 원, 셋째는 4,000만 원을 지원한다. 아동복과 기저귀 및 육아 제품 등도 추가 지원할 방침이다. 난임 부부를 위해서도 연간 최대 300만 원을 지원한다.

롯데그룹도 올해부터 셋째를 출산한 임직원에게 2년간 카니

발을 무상 지원하기로 했다. 이외에도 매일유업은 직원들의 첫째 자녀에게는 400만 원, 둘째는 600만 원, 셋째부터는 1,000만 원씩 지급한다. 금호석유화학도 첫째 500만 원을 시작으로 둘째 1,000만 원, 셋째 2,000만 원, 넷째는 3,000만 원을 지급한다.

저출생 극복을 위한 기업들의 잇따른 참여와 함께 획기적인 지원책까지 마련되자 소속 직원들의 반응뿐만 아니라 일반 국민들의 관심은 폭발적이다. 하나 같이 잘된 일이라고 응원을 보내며 이러한 분위기가 다른 기업은 물론 사회적으로도 널리 확산되어야 한다고 입을 모은다.

윤석열 대통령도 저출생 극복을 위한 기업 차원의 노력이 확산되고 있는 것과 관련 "정말 반갑고 고맙게 생각한다."며 상당히 고무적이라고 말했다. 윤 대통령은 특히, 출산장려금 지급에 따른 과도한 세금부과 문제와 관련해 "정부도 보고만 있지 않겠다."며 "세제 혜택 등 다양한 지원방안을 신속하게 강구하라."라고 관련 부처에 지시하기도 했다.

저출생 문제는 이제 우리가 당면한 어떤 문제보다도 중요하고 다급한 현안이다. 따라서 문제 해결을 정부나 지자체에만 맡겨둘 일도 아니다. 정부나 지자체는 물론이고 기업이나 단체, 민간의 각 부문까지 모두 함께 나서야만 해결될 수 있다. 따라서 최근 기업들의 저출생 극복을 위한 잇따른 대책 마련 소식이 더 큰 의미가 있고 울림이 되고 있다. 정부나 지자체는 종합적이면서도 체계적인 저출생 극복 방안을 더 촘촘하고 세심하게 개발하고 실행해 하루빨리 성과가 나올 수 있게 해야 한다. 아울러 기업 등 민간부문에서 시행하고자 하는 다양한 출산장려 방안들이 효율적으로 활용될 수 있도록 관련 법규나 제도, 절차 등을 고치고 보완하고 마련해줘야 한다. 그래서 누구나 모두가 저출생 극복을 위한 주체가 될 수 있게 분위기를 마련해 가야 한다.

한 아이를 키우려면 온 마을이 필요하다는 말이 있다. 이제 한 아이를 얻기 위해서 온 고장, 온 나라가 함께 나서야 할 때다.

저출생 문제 정치권도 관심 가져야

저출생 대책에 정치권만 무심한 듯하다. 더 관심을 가져야 한다. 지난 대선과 총선 등 여러 선거 공약들을 돌아봐도 저출생 대책은 거의 눈에 들어오지 않는다. 물론 집값 문제 등 부동산과 복지, 취업난 및 물가문제 등 우리가 당면하고 있는 과제들은 한둘이 아니다. 그중에서 정말 빼놓을 수 없는 화급한 문제는 바로 저출생에 따른 인구감소다. 저출생 문제를 그냥 두고서는 어떤 공약이나 정책도 제대로 추진될 수가 없지만 그 대응은 거의 찾아볼 수 없다. 정치권은 저출생 대책부터 마련하고 하나하나 실천할 수 있게 해야 한다.

통계청은 2020년도에 인구절벽을 예고했다. 인구절벽이란 15~64세의 생산가능 인구가 급격히 줄어드는 현상이다. 2020년도에 33만 명이 줄고 2030년에는 52만 명이 감소하는 국가와 사회의 심각한 위기현상이다. 한국은 세계 198개국 중 출산율이 꼴찌이다. OECD 국가의 출산율이 1.63에 비해 한국의 지난해 출산율은 0.72이다. 가임기 여성이 평생에 아이를 한 명 낳지 않는다는 것이다.

여성가족부에서 2020년 청소년 종합 실태조사에 따르면, 아이를 반드시 낳지 않아도 된다고 한 사람이 60.3 퍼센트이다. 저출산 고령화 문제는 경제성장을 둔화시키고, 소비를 위축시키며 경제의 악순환을 부추긴다. 저출산 문제의 정치적 이슈화가 시급하다. 저출산과 인구문제는 국가의 미래가 달려있다. 이대로 가면 지방 소멸화는 물론 국가의 존폐여부마저도 예측할 수 없다.

저출산 정책에 성공한 나라가 헝가리다. 전 세계적으로 결혼이 줄고 출산율이 떨어지는데 비해 헝가리만 결혼이 늘고 출산율이 올라갔다. 인구 1천만 명의 헝가리가 해마다 4만 명씩 인구가 줄자, 강력한 저출산 대책을 국가가 제시했다. 그중에 눈에 띄는 것이 결혼하면 4천만 원을 대출해 주고 아이를 많이 나을 수록 혜택을 파격적으로 부여했다. 그리고 국가가 불임부부를 위해 체외 수정 즉 시험관 아기 무료 정책을 내었다. 즉 아이를 낳는 여성에게 혜택을 주고, 여성의 마음을 움직이는 실효성 있는 정책을 세웠다. 우리나라도 허경영 대통령 후보자가 결혼하면 일억 원을 준다고 해서 관심을 가진 젊은이들이 많았다. 지금까지 정부가 수십조의 예산을 쏟아부어도 저출산 정책이 실효성이 없었다. 그 많은 돈들이 어디로 새는지 의아하게 생각하는 국민들도 많다. 헝가리처럼 실제로 아이를 낳는 여성들에게 파격적인 혜택을 주는 것도 생각해 볼 일이다. 결혼을 많이 시켜야 아이도 낳는다.

지금 현재 결혼 중개법의 법 개정도 시급하다. 국제결혼 중개업법 같은 경우도 현지 사정을 참작하지 못한 탁상정책에 의해 잘못된 악법으로 국회에 계류 중이다. 결혼 중개업체들이 실제로 국내, 국제결혼으로 수많은 짝을 맺어주고 있다. '중이 제 머리 못 깎는다.'는 말이 있듯이 결혼이 내 마음대로 안 된다. 일과의 전쟁으로 연애시기를 놓친 젊은이들에게는 결혼정보회사의 도움이 절실하다. 결혼과 인구정책에 밀접한 일을 하고 있는 결혼정보업체들에게도, 잘못된 법 개정을 서둘러서 안정되게 일할 수 있는 환경 조성을 해주어야 한다.

앞으로는 정부청사는 물론 지방의 시청과 도청, 구, 군청, 공공기관을 결혼식을 올리는 공간으로 무료 개방해야 한다. 단체장이나 기관장들은 결혼식이 자주 열릴 수 있도록 가장 열심히 나서는 주선자가 되어야 한다. 결혼매니저 역할도 마다하지 않아야 한다. 관내 인구가 줄어들면 시청도 군청, 공공기관도 일이 줄어들고 결국은 필요 없어질 수도 있기 때문이다.

저출산 문제뿐만 아니라 비혼과 만혼 등에 대한 정치권의 관심과 대책이 없기는 마찬가지다. 우리가 당면한 가장 심각하고 다급한 이러한 문제를 간과한다면 유권자들의 표심도 얻을 수가 없다. 이대로 가면 나라의 미래도, 지역의 미래도 암울하다. 정치권은 싸움만 할 것이 아니라 무엇보다도 먼저 저출생과 젊은 비혼과 만혼에 대한 대책부터 내놓아야 한다. 사실 이것보다 급하고 중요한 일은 없다. 정치권이 함께 머리를 맞대고 저출생 대책을 앞다퉈 내는 날을 기대해 본다.

저출생 시대에 달라진 결혼문화

　출산율이 곤두박질치고 있다. 여당과 야당에서도 다가오는 4월 총선공약으로 일제히 '저출생 공약'을 내놓았다. 여당은 저출생 관련 정책으로 인구문제를 보다 효율적으로 대응하기 위한 컨트롤 타워의 역할을 할 수 있는 '인구부' 신설을 주장했다. 인구소멸이 가장 시급한 국가 현안으로 여야가 공통적으로 꼽은 해결과제이다. 통계청 발표에 의하면 작년에 우리나라 여성 한 명이 평생 낳을 수 있는 합계 출산율이 0.72명에서 작년 4분기때는 0.65로 감소했다고 발표했다. 통계청이 지난 3월 19일 발표한 2023년 혼인건수는 19만 4천 건으로 3년째 20만 건에도 못 미치는 상황이다. 그런데 흥미로운 사실은 전년대비

1%(1967명)가 증가했다. 지난해 혼인건수가 늘어난 것은 국제결혼 덕분이다.

우리나라는 결혼한 10쌍 중에서 1쌍이 국제결혼을 하는 것이다. 대한민국 국제결혼 혼인비율이 전체 10% 이상으로 볼 수 있다. 정부에서 이민 확대 정책으로 지난 12월에 제4차 외국인 정책 기본계획을 발표하면서 '이민청' 신설을 명확히 했다. 나라가 100년 안에 소멸된다는데 선택의 여지가 없다. 국가가 존재해야 국민이 있다. 서구 여러 나라들도 이민국가로서 여러 가지 사회문제나 이민자와의 갈등을 겪으면서 국가의 체제를 유지해왔다. 예를 들어 국제결혼을 하면, 여성이 입국을 하고 대부분 평균적으로 2명 정도의 아이를 생산한다. 한국여성이 0.6의 합계출산율로 가정할 때 국제결혼은 입국한 여성을 제외한 출산율로 비교할 때 30%의 증가를 추산할 수 있다. 국제결혼 혼인건수가 작년한해 약 2만 쌍이면 자녀는 4만 명, 내국인은 약 20만 명의 0.6이면 자녀가 12만 명인 셈이다. 이런 추세면 국제결혼으로 인한 인구증가율은 전체혼인건수의 20%가 된다. 결국 국민의 배우자이고 혈연으로 맺어진 국제결혼의 출산율이 인구정책의 돌파구가 될 수 있는 것이다.

지난달에는 40대 초반의 예의 바르고 훈남인 전문의가 베트남 결혼을 했다. 연봉 2억의 페이닥터인 그는 부모님과 함께 휴무일에 방문했다. 10여 년 동안 국내에서 맞선을 봤지만 이상형을 만나지 못했고, 부모님의 권유에 못 이겨 부잣집 딸과 결혼약속을 했지만, 시댁을 무시하는 여성의 행동에 화가 나서 파혼했다. 그는 나이 어리고 건강한 여성을 만나서 애기를 갖기를 원했다. 수수하고 소박한 일상의 소소한 삶이 자기가 원하는 행복이라는 가치관을 갖고 있었다. 부모님도 처음엔 반대했지만, 아들의 인생을 존중한다고 했다. 20대 초반의 단아하고 속 깊은 베트남 신부를 맞이한 그의 얼굴에 웃음꽃이 활짝 피었고, 마음이 편하고 행복하다고 했다.

국제결혼에 대한 결혼 문화도 많이 달라졌다. 10여 년 전만해도 효녀심청이 같은 동남아시아의 가난한 한 나라에서 온 여성들이 대부분이다. 요즘은 동남아시아도 아이를 많이 낳지 않고 여성들의 의식이 많이 변했다. 여성들은 돈보다도 보다 나은 자신의 삶을 찾아온다. 국제결혼도 이제는 농촌총각이나 3D 직종의 어려운 환경에 있는 남성들의 전유물이 아니다. 동남아시아의 여성들도 한국여성보다는 조건적인 만남을 원하지는 않지만, 농촌을 싫어하기는 마찬가지다. 한국여성들이 비혼과 만혼을 선호하고 결혼에 까다로우니 한국 남성들이 안정적인 전문직 등 여성들이 선호하는 직업 외에는 대체로 원하는 결혼을 할 수가 없다. 결혼도 원하지 않고, 여성이 만혼이다 보니 2세 문제도 심각하다.

최근에는 고학력의 조건을 갖춘 나이 든 남성이나 조건이 약한 나이 어린 남성들이 국제결혼을 하는 추세다. 심지어 결혼도 하고 싶지만, 아이를 좋아해서 결혼을 원하는 남성들도 많다. 한국사회의 변화에 따라 결혼에 대한 가치관도 많이 달라졌다. 젊은이들의 개인주의적 사고나 여성들의 사회진출과 의식의 변화에 따라 결혼이 필수가 아닌 선택이 되는 시대가 왔다. 딩크족이나 욜로족을 선호하는 젊은이의 트렌드가 저출생을 부추기기도 한다. 하지만, 물질적인 풍요가 주는 기쁨은 잠시지만, 어린아이가 주는 기쁨과 가족의 사랑은 그 무엇으로 바꿀 수 없다. 노년의 외로움이나 고독사는 현대사회가 안고 있는 과제다. 결혼은 가장 소중한 성공이요, 축복이다. 더 이상이 없는 숭고한 가치며 의미이다. 세계화의 흐름에 따라 시대의 변천에 따라 달라진 결혼 문화도 인정해야 한다. 저출생이 국가의 화두가 되고 있고 이는 생존의 문제이다. 이미 서구 유럽에서 출산율을 올리기 위해 이민을 수용하고 다양한 가족문화를 국가가 받아들이고 있다.

수십조를 쏟아부어도 떨어지는 출생률을 극복할 수 있는 대안은 국민의 배우자로 받아들이는 국제결혼이 확실한 대안이다. 국내에서 어려운 결혼을 국제결혼을 통해서 활성화하고 출생률까지 끌어올릴 수 있으니 이보다 더 확실한 대안이 없다. 정부는 국제결혼 활성화를 위해 좀 더 고민하고 법적 제도적 규제완화에 관심을 가져주길 기대한다.

지자체들의 날갯짓, 바람이 돼라

　　대통령이 저출생 문제 극복을 위해 "국가 비상사태를 선언하고 범국가적 총력 대응 체계를 가동할 것"이라고 밝힐 정도로 초저출생 문제는 다급한 문제가 되고 있다. 정부와 지자체는 물론 기업들까지 '아이 더 낳기'를 권장하기 위해 발 벗고 나서는 형국이다. 국가적으로는 그동안 천문학적 돈을 쓰고도 이렇다 할 국면전환을 꾀하지 못하고 있는 현실이다. 그러나 걱정과 우려만 있는 것은 아니다. 대구 등 일부 지자체에서는 결혼과 출산을 위한 다양한 프로그램을 꾸준히 운영한 결과 결혼이 증가하는 등 희망의 싹도 보이고 있다.

대구시는 2022년 2분기 이후 8분기 연속 혼인 건수 늘어나는 추세를 이어가고 있다. 대구의 3월 혼인 건수는 지난해 같은 달에 비해 9%나 늘어나 전국 17개 시. 도 중 1위를 기록했다. 대구시는 신혼부부에게 최대 320만 원의 전세 대출 이자 상환액을 지원해 주고 있다. 또, 7월부터는 시, 도 가운데 전국에서 처음으로 다자녀 가구 공무직 직원은 정년 후에도 계속 일할 수 있게 했다. 이처럼 대구시는 신혼부부나 다자녀를 둔 직원들에게 실질적인 도움이 되는 정책들을 꾸준히 펼쳐오고 있다.

대구 달서구는 미혼 남녀 만남을 주선하는 등 결혼 장려에 적극적으로 나서 상당한 성과를 거두고 있어 주목을 받고 있다. 달서구에 따르면 올해 예비 신랑신부를 상대로 만남을 주선해 6명이 결혼에 골인, 세 커플이 탄생했다. 달서구는 2016년 전국 최초로 구청 직제조직에 결혼장려팀을 신설해 미혼남녀 결혼장려를 전담토록 했고 2018년에는 '결혼특구'까지 선포했다. 현재 결혼장려팀은 '결혼원정대'라는 이름으로 미혼남녀 300여 명을 등록·관리하며 다양한 만남 기회를 제공, 2016년부터 현재까지 결혼한 커플만도 169쌍이나 된다.

뿐만 아니라 달서구는 올해부터 '잘 만나보세'라는 슬로건을 정하고 뉴(NEW) 새마을운동을 기획해 추진하고 있다. 이태훈 구청장은 "'잘 만나보세'는 대한민국 인구절벽 위기를 극복하기 위해서는 민·관 등 지역 연대가 함께 힘을 모아야 해결할 수 있다는 의미를 담아 만든 슬로건"이라며 "달서구를 넘어 전국적으로 결혼 장려 운동을 펼쳐나가겠다는 의지도 포함돼 있다"라고 말했다.

경상북도도 미혼남녀의 만남과 결혼을 개인에게만 맡겨두도록 하는 것이 아니라 지자체가 적극적으로 나서 도움을 줄 수 있는 이른바 '청춘동아리', '솔로 마을', '행복 만남', '크루즈 여행' 등 다양한 프로그램들을 개발해 남녀 만남을 적극 주선하고 있다.

대구 남구청은 7월부터 전국 지방자치단체 가운데 최초로 인구 정책을 전담하는 부서인 '인구정책국'을 신설해 운영한다. 결혼장려 및 다자녀 가구 지원 등 저출생 극복을 위한 다양한 시책과 인구 관련 업무를 구정의 최우선 과제의 하나로 두고 이를 통합 추진, 관리하기 위함이다. 남구청은 앞으로 1,500억 원을 투입해 신혼부부 등 젊은 인구 유입에도 집중해 나간다는 계획이다.

대구시와 대전시 등의 혼인건수가 최근 들어 꾸준히 증가하는데서 보여 주듯이 실질적이고 효과적인 결혼장려 및 아이 낳기 정책은 결혼건수가 늘어나고 나아가 저출생 문제가 개선될 수 있다는 가능성을 보여준다. 초저출생과 함께 만연하는 비혼 풍조 속에서 가뭄의 단비 같은 소식이 아닐 수 없다.

결혼장려 및 다자녀 갖기를 위한 지자체들의 노력에 힘입어 지난달 여성가족부 발표에 따르면 30대 중 '자녀를 더 가질 계획이 있다.'라고 답한 사람이 27.6%로, 3년 전보다 9.4% 포인트나 늘어나기도 했다. 뿐만 아니라 2012년 이후 11년 연속 감소세를 이어오던 초혼 건수가 올 1분기의 경우 1년 전보다 남성은 2.0%, 여성은 2.5% 늘었다. 1분기로는 4년 만에 최다를 기록했다.

초저출생 문제를 우리 사회가 직면한 가장 근본적이고 치명적인 문제로 인식한 윤석열 대통령은 "인구정책 컨트롤 타워로서 역할을 할 수 있는 부총리급 인구전략기획부 신설"을 언급하며 "대통령실에도 저출생 대응 수석실을 설치해서 정책을 직접 챙기겠다."라고 덧붙였다. 지자체들의 힘겨운 저출생 극복 노력들이 하루빨리 환한 빛을 발할 수 있도록 마중물이 되었으면 한다. 저출생 극복을 위한 지자체들의 크고 작은 날개 짓들이 힘찬 바람이 되길 기대한다.

지자체들의 저출생 극복에 거는 기대

　아이 하나를 키우기 위해서는 온 마을이 필요하다는 말이 있지만 요즘은 그 말을 넘어 아이 한 명이라도 더 낳도록 하기 위해서는 온 마을이 정성을 다해도 모자랄 판이다. 해가 갈수록 출생률이 급격하게 떨어지면서 저출생이 지역마다 목전의 위기로 다가오자 지방자치단체들도 앞다퉈 저출생 극복을 위한 다양한 대응책 마련에 나서고 있다. 무덤덤하게 지나치던 몇 년 전까지의 분위기와는 판이하게 달라진 분위기여서 만시지탄의 느낌이 없지 않지만 그래도 다행이다. 여러 대책들 가운데는 기발한 아이디어도 많아 기대를 모은다.

　우선 대구시는 7월부터 시, 도 가운데 전국에서 처음으로 다

자녀 가구 공무직 직원은 정년 후에도 계속 일할 수 있게 했다. 시 본청과 산하 공사. 공단, 출자. 출연기관에 근무하는 모든 공무직 직원은 2자녀는 1년, 3자녀 이상은 2년까지 정년퇴직 후에 계속 고용하기로 했다. 대구시 고용. 노사 민정협의회는 최근 이런 내용을 골자로 하는 다자녀가구 공무직 계속고용 계획을 의결 확정했다. 대구뿐만 아니라 전국으로 국가차원에서 검토해봐야 할 정책감이다.

농어촌지역이 많아 인구 감소가 도시보다 훨씬 빠른 경북은 '저출생과의 전쟁'까지 선포하며 '저출생극복 비상대책 TF'를 구성해 운영하는 등 적극적인 대응이다. 경상북도는 저출생 극복 국민운동을 제2의 새마을운동으로 전개해 나간다는 방침 아래 보금자리 정책과 완전돌봄 정책을 집중 투자해 국가적으로 모범이 될 수 있는 저출생 극복 시범도시를 만들어가겠다는 구상이다. 특히, 이철우 경북지사는 "정부가 그동안 380조 원에 달하는 막대한 예산을 저출생 극복에 투입했지만 만족할 만한 출산율 회복이 이뤄지지 않고 있다."라고 지적하며 저출생 대책을 중앙이 아닌 지방정부 중심으로 수립, 실행될 수 있도록 정책 구조의 대전환과 수술을 주장했다. 이에 따라 이 지사는 "정부는 하루빨리 지방에 저출생 관련예산을 포괄적으로 이양하라."라고 목소리를 높였다.

기초자치단체 차원에서도 저출생 극복에 활발한 움직임들이다. 특히, 대구 남구청은 40만에 이르던 인구가 지난해 기준으로 14만에도 못 미치는 13만 9천여 명으로 떨어지자 오는 7월에는 전국 지방자치단체 가운데 최초로 인구 정책을 전담하는 부서인 '인구정책국'을 신설한다. 출생률 증가를 비롯한 인구 관련 업무를 구정의 최우선 과제의 하나로 두고 이를 통합 추진, 관리함으로써 시너지를 낼 수 있게 한다는 의도이다. 특히, 앞으로 1,500억 원을 투입해 신혼부부와 대학생 등 젊은 인구 유입에 집중해 나간다는 계획이다.

포항시는 조례를 개정해 '2명 이상의 자녀를 출산 또는 입양하여 양육하며, 19세 미만의 자녀가 있는 가구'를 다자녀 가구로 정의하고 다자녀 가구가 우대받는 환경을 조성하고 있다. 특히, 올해부터는 시설관리공단 운영 체육시설과 도서관, 시립연극단 등의 각종 공공 시설물 이용료 감면 등도 추진하고 있다.

구미시도 저출생과의 전쟁을 선포하고 TF팀을 구성해 '저출생 위기 극복'을 위한 출산·가족 친화적 직장 문화 조성에 적극 나서고 있다. 이러한 차원에서 미성년 자녀를 키우고 있는 직원에게 '가족 돌봄 휴가+α'를 부여하고, 육아기 근무시간 단축 제도를 확대해 직원들의 유연근무제 사용을 확산하고 있다. 특히, 구미시는 아이 낳고 키우는 직원을 우대하기 위해 인사제도도 개편했다. 자녀 출산에 따른 근무성적평정 실적가산점을 자녀 1명당 0.5점씩 최대 2점을 부여한다. 이 밖에 승진 예정 인원의 20%를 자녀가 두 명 이상인 7급 이하 공무원에게 배정해 승진임용 배수 범위 내에 있으면서 두 자녀 이상을 양육하는 직원의 승진을 보장하도록 하는 등 다양한 대책을 강구하고 있다.

지방자치단체들이 앞다투어 추친하는 이러한 저출생극복을 위한 대책들은 다다익선이다. 물론 시행착오도 있을 수 있고 당장은 효과가 크게 드러나지 않을 수도 있다. 그러나 콩나물시루에 준 물이 한순간에 다 빠져나가지만 꾸준히 주게 되면 어느 순간부터 물을 머금은 콩들이 경쟁하며 무럭무럭 자라듯 저출생극복 대책들도 빛을 발하는 날이 오게 될 것이다. 아이 한 명이라도 더 낳도록 너도 나도 관심을 갖는다는 것은 크고 작은 정성들이 한 곳에 모아진다는 뜻이기도 하다. 그런 관심과 정성들이 모아지면 어느 날부터는 결혼하는 것이 안 하는 것보다 훨씬 더 행복하고 아이를 낳는 것이 낳지 않는 것보다 훨씬 더 기쁜 일이 되는 사회분위기가 분명 조성될 것이다. 그날을 기대해 본다.

커플매니저와 결혼 장려 시대

조선시대에 국가가 혼인에 직접 관여한 기록이 경국대전에 실려있다. 가난 때문에 혼기를 놓친 노처녀와 노총각을 위해 국가가 개입하여 관이 혼수를 보조해서 혼인을 시켰다. 조선왕조실록에 의하면 중종 재위 기간에 천재지변이 많이 일어났다고 한다. 그 원인이 혼인을 못한 사람들의 화 때문이라 판단하여 나라에서 결혼 장려 정책을 실시했다. 그 당시 혼인을 많이 시킨 해당 공무원들에게는 인사고과에도 반영시켰다.

이후 많은 왕들이 직접 백성들의 혼인에 나섰다고 한다.

얼마 전에 달서구청에서 주선한 커플매니저 양성과정에 '커플매니저의 비전'에 대해 특강을 했다. 달서구청은 전국에서 최초로 결혼 장려정책 추진 위원회를 발족하고, 젊은 미혼남녀들의 결혼 장려에 앞장서고 있다. 커플매니저 양성과정을 통해 수료한 예비 커플매니저들은 달서구청에서 주선한 청춘 남녀들의 결혼 이벤트에 봉사를 하거나 결혼정보 회사에 커플매니저로 등록하여 합법적으로 일하기도 한다.

결혼 장려는 이 시대의 구국 운동이다. 전국 200여 개의 시, 군, 구의 지방 도시의 46퍼센트가 소멸되고, 출산율은 0.8명 이하로 떨어졌다. 미래학자들은 대한민국이 세계 최초의 인구 소멸 국가 1호로 사라진다고 경고한다. 젊은이들은, 혼술, 혼밥, 혼영을 즐기고, 결혼에 대해서는 회의적이다.

심지어 로봇과 결혼하는 시대가 온다고 한다. 먼저 온 미래가 현실이 될 수 있다. 비혼 문화가 유행처럼 번지고 혼자에 익숙해지는 시대에 살고 있다. 하지만, 인간이 외로움에 익숙해지는 건 쉽지 않다. 결국은 외로움과 고독 때문에 로봇과 결혼하는 시대가 온다는 것이다.

인구재앙은 핵보다 더 무서운 괴물이다. 인구감소 현상은 대한민국의 미래의 존폐 여부가 달려있다. 결혼을 안 하는 것이 시대적 문화현상으로만 받아들이고, 개인의 선택의 권리로만 생각하는 우리 사회의 무관심도 문제다. 범국민적으로 결혼 장려에 관심을 가져야 할 때다. 전 국민이 커플매니저가 되어 결혼을 장려하여 우리도 획기적인 변화를 가져야 한다. 4차 산업혁명의 인공지능과 빅데이터 등 첨단 기술의 융합에 의해 앞으로 사라질 직업들이 많다. 하지만, 커플매니저는 2000년대 유망직종으로 로 떠오른다.

커플매니저란 중매인을 일컫는다. 정보화시대인 요즘은 결혼전문가, 결혼상담가라고 한다. 성혼을 시키기 위한 플랜을 세우고, 학력, 나이, 종교, 직업 등 조건에 맞는 이상형을 매칭하는 서비스 관리 업무다. 특별히 학력이나 나이와 상관없고 사람과의 친밀 관계가 중요하다. 인공지능이 못하는 인간만이 할 수 있는 감성과 소통 능력으로 남녀를 짝을 찾아주는 직업이다. 특히 여성의 평생직업으로 정년이 없는 일이다. 나이가 들수록 노하우와 경력을 인정받는다.

커플매니저는 저출산 시대에 장려해야 할 직업이다. 조선 시대

때 혼인을 하지 않는 노총각과 노처녀들을 국가가 개입해서 중매도 서고 지원도 해주었다. 달서구청이 달서구의 젊은이들의 인구 유출 방지와 일자리 창출을 위해 결혼 장려정책을 근본적으로 추진한 이유다. 지자체에서 발 벗고 나섰으니 환대할 일이다.

인구정책은 우리 사회경제 전반에 걸쳐 중요한 요인이 된다. 이제 결혼도 개인의 선택에 맡기고 사회도 국가도 무관심으로 일관하면 안 된다. 전 국민이 커플매니저가 되어 젊은이들의 결혼에 관심을 갖고 국가가 앞장서야 된다. 국민이 없는 국가는 없다.

지구상에서 사라지는 국가로 대한민국이 거론되고 있다. 우리는 글로벌화 시대에 다문화 사회에 살고 있다. 국가의 미래를 위해서 내국인이든 외국인이든 서로 공존하면서 대한민국이 역사 속에 길이 보존하도록 하는 것이 우리의 책임이다. 청년과 젊은이들이 많은 나라가 발전하고 미래도 있다. 전 국민의 커플매니저화. 전 국민의 결혼 장려로 아름다운 대한민국을 후세에 물려주어야 한다.

흩날리다. 만남
Oil on canvas, 430×530

결혼하는 비밀 리스토리 TV

http://www.youtube.com/user/kkk22261

이현숙 박사가 운영하는 유튜브 〈결혼하는 비밀 리스토리 TV〉는 결혼에 관한 폭넓은 주제를 다루는 채널로써 비혼, 만혼, 저출산으로 인한 대한민국의 인구정책에 부응하고자 사회 지도자들의 결혼 인터뷰(명사들 결혼에 관한 인터뷰)를 통해 선남선녀들의 결혼을 장려하고 젊은이들에게 희망의 메시지를 전달하는 프로그램 중심이다. 이 외에도 이현숙 박사가 각 언론사에 출연하여 직접 인터뷰한 내용들도 있다.

·Tel : 1522-7590